LES BONS NUMÉROS

Sophie Ferraris

Roman

5

Sophie Ferraris

Sophie Ferraris
Des flocons et des calissons
pour Noël

CHAPITRE 1

Le petit creux du milieu d'après-midi commençait à se faire entendre... Sortant tout juste de son travail, Adélina se décida à se faire un petit plaisir pour le goûter, et même si normalement, à l'arrivée de l'été, il était préférable de manger des fruits, elle préférait les gourmandises de la boulangerie plutôt que celles du primeur. Elle n'avait pas pu déjeuner aujourd'hui, et les deux tartines au beurre et à la confiture de fraise qu'elle avait dégustées ce matin lui semblaient bien loin. D'autant que, même s'il y avait pire comme travail en termes d'endurance, après avoir passé six heures de sa journée à faire la propreté chez les autres, elle considérait qu'une petite douceur était largement méritée !

Tous les vendredis, après son travail, et comme pour fêter la fin de la semaine et le bonheur d'être enfin en week-end, Adélina s'octroyait le petit plaisir d'un pain au chocolat et de quelques chouquettes pour le goûter, puisqu'elle devait de toute façon passer à la boulangerie pour ramener une baguette de pain à Nonna et Nonno.

A tout juste 27 ans, Adélina était une grande rêveuse. Malgré une licence en Lettres, elle n'avait pas réussi, ou pas vraiment voulu, exercer un métier en rapport avec ses études, puisque finalement, le point essentiel du problème était qu'elle ne savait pas vraiment ce qu'elle aurait pu faire avec ce diplôme.

Elle avait tout simplement choisi, après son Bac Littéraire, des études qui lui permettraient de combler sa passion première : la littérature. Elle dévorait les livres comme elle dégustait les viennoiseries : goulument ! C'est simple, si vous lui demandiez "tu préfères un nouveau roman à lire ou des mignardises à savourer ?" elle n'aurait pu se résoudre à choisir. Après tout, se disait-elle, pourquoi choisir ?

Pour en revenir à son activité professionnelle, bien qu'elle aurait adoré travailler dans une bibliothèque, ou mieux, ouvrir son propre lieu sacré de la littérature, elle n'avait pas pu se résoudre à abandonner son village et ses proches, ça avait été déjà bien assez difficile pendant ses études.

Originaire de Gassin, née sous une lune de Juillet, elle était "la petite" du pays, pour Nonna et Nonno et pour les habitants du village, comme l'emblème de ce lieu puisqu'elle avait vu le jour une nuit de l'année 1988 au sein même de l'appartement de la famille.

Sa mère, une personne relativement instable qui ne

rêvait que de paillettes et de célébrité, s'était exilée à Paris pour tenter sa chance dans le cinéma, laissant Nonna et Nonno dévastés de chagrin, pensant marier leur fille à un garçon du village et assister, heureux, à la naissance de leurs petits-enfants. Mais Simona, leur fille et unique enfant, avait décidé d'un tout autre destin pour elle. Pourtant, un jour de Juillet 1988, sans avoir eu de nouvelles d'elle depuis plusieurs mois, elle débarqua à Gassin, le ventre rond, prêt à exploser, et il ne fût pas difficile de comprendre pourquoi elle était revenue au village : le terme de sa grossesse était imminent. Prenant de court Nonna et Nonno, mais les comblant d'une joie immense, puisqu'ils allaient devenir grands-parents, se fichant sur le moment du pourquoi et du comment, elle accoucha le soir-même de sa venue d'une petite fille, ne laissant le temps à personne pour organiser convenablement cet évènement, et la petite Adélina sûrement trop pressée de découvrir la vie !

C'est donc Nonna qui accoucha sa propre fille, dans l'appartement où elle avait elle-même donné naissance à Simona, 25 ans plus tôt.

_ Je ne peux pas, Mamma, avait soufflé Simona à sa mère, à peine quelques heures après l'accouchement.

_ De quoi tu me parles, ma fille ? , demanda Honoria, berçant doucement le nouveau-né d'un geste naturel.

_ Être maman, m'occuper de ce bébé... c'était un accident, je ne sais même pas qui est le père, je suis seule et j'ai autre chose à faire que changer des couches à un bébé, et encore moins à lui faire l'éducation ! , murmura Simona, visiblement épuisée physiquement et perdue moralement.

_ *Dopo facciamo i conti! - on en parlera plus tard -*, ma fille, rassura la mère à son enfant, qu'elle ne voyait désormais plus comme une petite fille, mais comme une adulte devenue elle-même maman, même si pour l'instant, elle n'était pas encore prête et que l'instinct maternel ne s'était pas encore réveillé.

Honoria ne réalisait sûrement pas vraiment combien sa fille était désemparée devant cet évènement. Pour elle, ce n'était qu'une question de temps avant que Simona ne réalise quel magnifique cadeau la vie lui avait fait en lui apportant ce cadeau du ciel, désiré ou non !

Pourtant, Simona était bel et bien décidée à abandonner son rôle de mère. Elle disait la vérité quand elle affirmait ne pas connaître l'identité du père.

Avec ses cheveux noirs qui tombaient en cascade sur ses épaules, son visage aux traits parfaitement dessinés, et ses courbes dignes d'une déesse italienne, si bel héritage de sa mère, elle aurait fait tomber plus d'un homme dans les mailles du filet du mariage, mais tout ce qu'elle désirait, c'était être à l'affiche des cinémas du monde entier. Et elle enchainait les histoires d'un soir, parfois pour se sentir moins seule, elle qui avait quitté la douceur du Sud pour la morosité de Paris, et souvent pour se donner une chance d'obtenir un rôle, ce qui, visiblement, ne servait pas à grand-chose, puisqu'elle enchaînait les petits rôles médiocres dans des publicités, et les galères financières.

Sûrement que l'éducation cinématographique que sa mère lui avait inculquée pendant son enfance y était pour quelque chose.

Sophia Loren, Gina Lollobrigida, Claudia Cardinale, avaient été les héroïnes de Simona, à peine après avoir abandonné les couches culottes, et jusqu'à ce jour de la fin de son adolescence où elle avait décidé que son avenir était de devenir elle-même une actrice connue et reconnue dans le monde entier.

Il faut dire qu'Honoria n'avait cessé de bassiner sa fille avec ces femmes magnifiques et leurs films, partageant des moments de complicité avec Simona quand elle l'emmenait avec elle au cinéma, et lorsqu'elles collectionnaient ensemble les photographies magnifiques dans les magazines spécialisés.

Lorsque Brigitte Bardot, fraîchement connue, avait tourné dans Et Dieu... créa la femme, à Gassin, alors qu'Honoria venait tout juste de débarquer dans ce village, à 17 ans, suivant ses parents qui avaient quitté leur Italie natale, elle avait fait de cette femme son inspiratrice, sa déesse, bref, elle voulait être comme Brigitte Bardot ! De cette période, elle avait tracé sa vie : devenir blonde, et pour se faire, et entretenir sa chevelure de rêve, devenir coiffeuse.

Pour autant, Honoria, elle, n'avait jamais voulu succomber à l'appel des lumières et des flashs du cinéma, ne souhaitant ardemment qu'une seule chose : rencontrer un homme bien pour devenir épouse et surtout maman !

Elle avait alors choisi un enfant du pays, mais fils d'une famille Corse, qu'elle avait rencontré à un bal du 14 Juillet, et il avait fallu trois bons mois à Illarione, pour la séduire et la faire succomber.

Séduisant, avec ses cheveux bruns et son regard noir, travailleur, ayant obtenu son diplôme de mécanicien automobile et reprenant l'affaire de son père au village, et posé, souhaitant ardemment fonder une famille, Honoria avait décidé que c'était lui, l'élu.

Rapidement, ils s'étaient fiancés, puis s'étaient mariés, Illarione travaillant dur à son garage et Honoria ayant ouvert un petit salon de coiffure sur la place du village.

Quelques mois après le mariage, ils avaient appris, plus heureux que jamais, qu'ils attendaient un heureux évènement.

Honoria était aux anges ! Elle continua néanmoins de travailler jusque tard dans sa grossesse... et quand le jour J arriva, l'accouchement, qui eut lieu au village, se compliqua, la petite fille à qui elle donna naissance se portait comme un charme mais Honoria, elle, avait contracté une infection. Ce qui en découla l'anéantit : après un séjour à l'hôpital, le médecin lui apprit qu'elle était devenue stérile et qu'elle ne pourrait plus avoir d'enfants.

Malgré tout, à son retour à la maison, même si elle se serait bien imaginé mettre le petit deuxième en route avec Illarione, elle couva et aima sa petit Simona comme un enfant béni.

Alors maintenant que sa fille chérie était revenue à la

maison, avec un cadeau de Dieu, elle était à nouveau aux anges et ne prenait pas vraiment conscience de la situation.

Et quand le lendemain, alors qu'elle ouvrait les yeux sur une nouvelle journée chaude et ensoleillée, elle vit le petit berceau installé au pied de son lit, une boule d'angoisse s'installa dans son ventre. Elle se leva, prit délicatement la petite fille dans ses bras, et alla vérifier si sa fille dormait encore, mais elle découvrit une chambre vide, avec un mot posé sur le lit.

Ne m'en veux pas, Mamma... je me connais assez pour savoir que je risquerais d'être une piètre maman pour cette petite fille, et quitte à faire un geste maternel pour elle, je préfère qu'elle connaisse le même foyer que j'ai eu la chance d'avoir grâce à Paparino et toi. Prends soin d'elle, parle lui de moi, je reviendrai, un giorno, ne t'en fais pas.

Vi amo,

Simona.

P.S: j'avais pensé à un prénom pour la petite... si tu es d'accord, bien sûr, appelle-la Adélina.

Honoria, bien qu'étonnée et décontenancée à l'idée que l'on puisse abandonner un bébé, fut ravie de pouvoir à nouveau pouponner ! Elle remercia Dieu, qui était forcément pour quelque chose dans cette histoire, Dieu étant, avec Brigitte Bardot, une passion pour Honoria. Ceci étant, Dieu était un dieu quand ça l'arrangeait... pour Noël par exemple, ou Pâques, car c'était quand même grâce à Lui que l'on pouvait festoyer et préparer de bons repas... ou pour la messe dominicale, car c'était quand même grâce à Dieu que le village avait eu l'honneur d'accueillir un jeune curé "beau comme un tiramisu", expression certainement inventée par Honoria. Le dimanche, Honoria prenait encore plus de temps à se coiffer, car ce jeune curé aurait bien été le seul avec qui elle aurait pu envisager une histoire adultère et tromper son Illarione... n'en déplaise à Dieu qu'Honoria ait pu avoir ce genre de pensées !

Comme elle le répétait souvent à sa petite-fille, *Col cavolo! - pas moyen -.* Ça, jamais de la vie, elle n'aurait pu envisager de tromper son Illarione.

C'est donc ainsi qu'Adélina avait grandi, entourée d'une Nonna et d'un Nonno aimants, sachant très bien la vérité sur son histoire, et voyant de temps en temps sa maman malgré tout.

_ Alors ma belle, je te mets quoi aujourd'hui ? lui demanda Auguste, le boulanger du village et papa de sa meilleure amie, Louise.

_ Comme d'habitude Auguste, une baguette à l'ancienne, un pain au chocolat et quelques chouquettes, répondit Adélina, d'un ton chantant, heureuse que la semaine soit enfin terminée.

Ses gourmandises en main, elle passa par le salon de coiffure de Nonna pour lui faire une bise et papoter quelques minutes.

Nonna, comme à son habitude, parlait avec les mains et avec son accent italien avec une cliente qui n'avait, certainement, eu d'autres choix que de se faire peroxyder ses cheveux pour adopter le style de l'icône du salon et la dite grande égérie de Nonna, Brigitte Bardot, dont on retrouvait quelques photos sur les murs du commerce.

_ Adélina, *mia cara*, merci pour la baguette ! Comment s'est passée ta journée ? cria Nonna, qui ne savait que très rarement se montrer discrète, accompagnant sa question d'un baiser au rouge à lèvres sur la joue d'Adélina.

_ Nonna! Ça a été, murmura Adélina. Il faudrait quand même que tu arrêtes de transformer toutes les femmes qui passent dans ton salon en des pseudos BB, Nonna, ajouta-t-elle, le sourire sur le visage, dans une phrase à peine audible pour ne pas vexer la cliente.

_ Ma puce, si tu m'enlèves ce plaisir, je peux d'ores et déjà fermer ma boutique alors !

Nonna, toujours le sens du drame, se dit Adélina, affectueusement.

_ Nonno est au café ?

_ Oui, il a sûrement dû aller retrouver la bande avant le dîner. Il a passé la journée à réparer ma Fiat, ce soir je vais devoir me montrer généreuse. Je pense à des lasagnes, tu en dis quoi ? Tu manges avec nous ?

Sa Fiat 500, voilà encore une passion de Nonna, en plus de Dieu, Brigitte Bardot, et la gastronomie italienne.

Nonno avait passé sa vie à prendre soin de son "petit bijou" comme l'appelait amoureusement Nonna. Et trois jours plus tôt, une *puttana,* touriste par-dessus le marché, avait eu le malheur de lui rentrer dans le derrière. A la Fiat 500, pas à Nonna. Quoiqu'il aurait mieux valu, la pauvre. Heureusement qu'elle ne parlait pas un mot d'italien, elle avait été habillée d'injures pour les dix années à venir... mais avec toute l'intention qu'avait mis Nonna dans ses paroles, la touriste, affligée, avait certainement compris le message.

Rouge comme le rouge à lèvres qu'elle portait tous les jours, sauf le dimanche, jour de messe, pour ne pas choquer Dieu, le petit bolide en avait fait de la route avec Nonna, et Adélina n'était jamais bien loin ! Mieux valait se disputer avec Nonna autour de n'importe quel sujet, plutôt que de toucher à sa voiture, les insultes étaient moins virulentes.

_ Je vais voir avec Louise ce qu'elle a prévu ce soir, tu sais que le vendredi, en général, c'est soirée bringue ! répondit Adélina en riant, quittant le salon de coiffure.

Pour autant, soirée bringue ne signifiait pas soirée drague, ni pour Adélina, célibataire, enfin, sur le papier, pas vraiment dans son cœur, ni pour Louise, complètement amoureuse de Jules, qu'elle fréquentait depuis... toujours !

Adélina passa devant le café du village où Nonno jouait aux cartes avec "la bande", comme on les appelait ici, ces quatre gentils lascars septuagénaires. Il y avait donc Illarione à la tête, toujours à prendre les décisions pour le groupe, Auban, ancien plombier mais travaillant toujours à droite et à gauche comme Illarione, Antonin, le facteur qui avait laissé sa place il y avait déjà quelques années, et Toni, qui tenait la pizzeria du village.

A l'exception de Toni, qui ne s'était jamais vraiment posé en ménage, tous avaient encore leurs épouses à leurs côtés, et tout ce petit monde se retrouvait souvent pour les repas du dimanche et des jours de fête, si bien qu'Adélina les considérait tous un peu comme ses parrains.

Elle leur fit un coucou de la main quand ils l'aperçurent, leur envoya un baiser dans l'air, et les vit se toucher leur cœur comme s'ils avaient été foudroyés par l'amour, exagérant sans peine les mimiques de la crise non pas cardiaque mais de coup de foudre.

Adélina s'éloigna en riant toujours autant. Ce village, ces villageois, étaient la raison de son bonheur. Elle ne pourrait jamais envisager de quitter cet endroit si paisible et tellement familier !

Elle monta au troisième étage de l'immeuble où elle vivait en colocation avec Louise, juste au-dessus de l'appartement de ses grands-parents.

C'était un très vieil immeuble, dans une rue pavée où seuls les habitués du village se permettaient de passer en voiture, où il y avait à chaque fenêtre des fleurs multicolores qui maquillaient joliment le décor, et où certaines villageoises avaient tiré un fil de part et d'autre de la ruelle pour étendre leur linge.

Les portes en bois massives des appartements, grinçaient. Entre les murs, l'hiver, il y faisait très froid, mais l'été, il y faisait bien frais, et il y avait cette petite odeur de renfermé qui pouvait déplaire à beaucoup de personnes mais qui rappelait néanmoins des souvenirs d'enfance à Adélina.

Quand Adélina referma la porte derrière elle, Louise était déjà à la maison, en train de cuisiner.

_ Hmmmm, comme ça sent bon ! dit Adélina, salivant d'avance devant la gazinière, et serrant rapidement mais tendrement sa meilleure amie.

_ Je teste une nouvelle recette pour la faire goûter à Jules dimanche soir, tu seras mon cobaye ! avoua-t-elle en se pouffant.

_ Autant que tu veux, mademoiselle la cheffe cuisinière !

_ Tatata! Bientôt ce sera madame, alors commence à t'habituer à le dire !

Elles rirent toutes les deux et se posèrent autour d'un verre de soda à la table de la cuisine.

Même si elles n'avaient pas beaucoup d'argent, elles avaient réussi à aménager cet appartement de manière moderne et coquette, après avoir effectué quelques travaux avec l'aide de la bande, du père de Louise, et de Jules.

_ Ouh là là, c'est quoi cette tête, tu m'as l'air épuisée, demanda Louise à Adélina.

_ Oh, fin de semaine... et puis j'ai de nouveaux clients à partir de lundi... une maison à Saint Tropez ! Je stresse, t'imagines pas comment ! Apparemment ce sont des gens du cinéma. Si ma mère l'apprend, je suis foutue ! répondit Adélina, riant à sa phrase.

_ Si ça se trouve tu ne les croiseras même pas ! Alors te fais pas de bile, dit Louise, rassurante.

Alors que Louise commençait à mettre la table, Adélina se pencha à la fenêtre de la cuisine et cria.

_ Nonna!

Même pas 10 secondes à attendre, que sa grand-mère pointa le bout de son nez sur son balcon, portant déjà son tablier.

_ Nonna, je reste avec Louise pour dîner, elle essaie une nouvelle recette, je sers de cobaye. Vous voulez manger avec nous Nonno et toi ?

_ C'est gentil, *Micetta, -petit chat -* mais j'ai déjà commencé à cuisiner mes lasagnes, je t'en laisserai au frigo pour demain !

_ Merci Nonna, je vous ferai deux assiettes de notre plat du soir pour Nonno et toi !

Un dernier baiser dans l'air et Adélina alla aider Louise à terminer de dresser les assiettes.

Quel dilemme de choisir entre les lasagnes de Nonna et le ragoût de Louise, pensa Adélina.

Elles s'assirent toutes les deux à table, avec la fenêtre ouverte, dînant au son des enfants en train de jouer dans la rue en attendant d'être appelés par leurs mamans pour le repas du soir.

La petite table ronde était dressée dans la jolie cuisine style campagnard, la pièce étant assez grande puisque pendant les travaux, ils avaient abattu le mur qui séparait la cuisine du salon. Ce n'était donc plus qu'une seule grande pièce à vivre.

Depuis que Louise avait accepté la demande en mariage de Jules, elle passait tout son temps libre dans la cuisine pour devenir une future bonne épouse.

Mais malgré leur amour sans faille à tous les deux, organiser le mariage était vraiment laborieux pour des questions financières, Jules étant encore étudiant en médecine et Louise n'ayant qu'un petit boulot de serveuse au restaurant de Toni.

Son but à elle était simple dans la vie, épouser son cher et tendre au plus vite pour lui donner de beaux enfants et être la meilleure épouse et maman au monde, comme elle se plaisait à le dire depuis toute petite.

Elle n'avait pas suivi le même chemin que sa meilleure amie, non, Louise, elle, avait passé un CAP Pâtisserie, discipline dans laquelle elle excellait, en revanche, elle avait fait comme Adélina, malgré un diplôme en poche, elle n'exerçait en rien ce pour quoi elle avait étudié.

Jules n'avait plus beaucoup d'années d'étude à faire, d'ici trois ans, ce serait bouclé et il pourrait s'installer comme médecin généraliste au village.

Mais en attendant, il passait sa semaine au travail, changeant de villes selon ses stages, et ne rentrait que le vendredi dans la nuit, rejoignant toujours Louise si silencieusement qu'Adélina ne l'entendait jamais, et ce n'est que le lendemain matin qu'elle le retrouvait joyeusement au petit-déjeuner.

_ Alors, tu en dis quoi ? demanda Louise, anxieuse.

_ Tout simplement scandaleux ! Tu vas me faire grossir alors que moi, je n'ai pas encore la bague au doigt pour m'autoriser ces écarts, répondit Adélina, plaisantant gentiment. Tu peux le rajouter sans problème dans ton carnet de recettes de la parfaite épouse, ajouta-t-elle, lançant un clin d'œil à sa meilleure amie.

Exaltée de satisfaction, Louise se leva pour remplir trois assiettes de son plat divin, pour Nonna, Nonno et Jules.

_ Et Mattéo, alors, il va pouvoir te rejoindre pour ton anniversaire ? questionna Louise, suspicieuse.

_ Ouuuiiii, roucoula Adélina, il arrive dans 15 jours ! Enfin... normalement, ajouta-t-elle, la moue soudainement boudeuse.

Mattéo était l'amour secret d'Adélina. Elle l'avait rencontré il y avait déjà 4 ans, pendant des vacances en Italie, où elle partait chaque mois d'Août avec Nonna et Nonno, sans oublier Louise ! Mais ils avaient connu quelques turbulences pendant le second été de leur idylle, si bien que Nonna ne le portait plus spécialement dans son cœur, aussi Adélina avait omis de dire à sa grand-mère que leur histoire n'était pas terminée.

Il faut dire que Nonna voyait clair dans le jeu de ce Mattéo. Chaque année, il prétendait pouvoir venir rendre visite à Adélina, d'abord à Noël, puis en été pour son anniversaire, et à chaque fois, sa promesse tombait à l'eau, noyée sous des excuses que seul ce Mattéo pouvait trouver.

Ah, certes, il était beau, si on aimait les hommes du Sud, les bruns ténébreux qui prennent plaisir à vous laminer le cœur et vous retourner l'esprit ! Mais Nonna s'impatientait de voir sa petite-fille rencontrer enfin quelqu'un de bien, qui serait vraiment prêt à la rendre heureuse, non pas comme ce *sciupafemmine, - tombeur* - qui faisait d'elle une bonne sœur pendant plus de 360 jours de l'année sous prétexte qu'elle voulait rester fidèle à ce garçon ! Allez voir si lui respectait le deal !

_ Comment tu vas faire avec Nonna, dis, si cette fois-ci Mattéo peut enfin venir te rendre visite en France ! s'inquiéta Louise.

_ Disons que je me donne 14 jours pour lui dire la vérité, répliqua Adélina, riant et pleurant à la fois, ayant réussi à dissimuler son histoire à Nonna en Italie mais ayant conscience que ce serait plus difficile de le faire ici ! De toute façon, autant attendre le dernier moment, juste au cas où.

CHAPITRE 2

Le week-end passe trop vite, se dit Adélina ce lundi matin en s'étirant dans son lit alors qu'il n'était encore que 5 heures du matin.

Ce n'est pas qu'elle était paresseuse, elle adorait aider Nonna au salon de coiffure par exemple, mais faire le ménage chez les gens n'était pas un emploi des plus passionnants, ni gratifiants d'ailleurs. Mais ça payait les factures, en attendant mieux, même si elle ne faisait rien pour que les choses changent finalement, comptant sûrement sur la vie pour déjouer ce destin tracé.

Un livre dans son sac, un indispensable, avec une banane pour éviter le coup de pompe du milieu de matinée, elle enfourcha son vélo, alors que le soleil commençait tout juste à se lever, que les oiseaux démarraient leurs échanges chantants, et qu'elle imaginait les résidents encore endormis derrière les volets clos des habitations.

D'ordinaire, elle passait son lundi matin chez Madame Tousseau, une petite dame de 90 ans aussi adorable que les nombreux chats qui vivaient chez elle. Adélina adorait aller chez elle, dans son coquet mas provençal, assez excentré du village. Madame Tousseau était veuve, et son seul et unique enfant, un fils, était lui aussi décédé dans un accident de voiture alors qu'il n'avait que 22 ans, il n'avait pas eu le temps d'avoir d'enfant, aussi cette petite dame était seule avec ses animaux, alors Adélina restait souvent le lundi midi avec elle pour déjeuner. Madame Tousseau représentait un peu la grand-mère qu'Adélina n'avait jamais eue, Nonna étant pour elle plutôt comme une maman. Souvent, pour Adélina, la visite s'éternisait jusqu'à la fin de l'après-midi, profitant de la présence si agréable et apaisante de tous ces petits félins, profitant d'une chaise à l'ombre d'un chêne, d'un amandier ou d'un olivier pour bouquiner, alors que Madame Tousseau faisait une petite sieste, avant de venir rejoindre Adélina pour papoter un peu. L'écart d'âge ne gênait en rien la fluidité de leur relation, elles étaient comme deux copines qui échangent les derniers potins et rient des garçons.

Exceptionnellement, ce lundi matin, Adélina ne pouvait pas se rendre chez Madame Tousseau, devant rencontrer ses nouveaux clients, dont l'agence lui avait vanté les mérites. "Des stars de cinéma, des personnes riches, un homme et une femme exigeants !" Voilà ce que son patron lui avait rappelé, vendredi après-midi, pour mettre Adélina en condition.

Mais heureusement, malgré le stress évident que cette nouvelle case horaire de ménage provoquait chez Adélina, elle était soulagée de savoir que Madame Tousseau avait aujourd'hui avec elle une amie venue en vacances pour quelques jours, elle se sentait ainsi moins coupable de manquer leur rendez-vous hebdomadaire. Et puis elles s'étaient promis de se retrouver en début d'après-midi au mas pour une citronnade.

Après une bonne demi-heure passée sur sa bicyclette, Adélina arriva à l'adresse indiquée.

C'était bien une de ces maisons un peu trop bling-bling à son goût, tape à l'œil à souhait, certes jolie, mais pas du tout dans les goûts d'Adélina. Elle préférait de loin les maisons provençales traditionnelles où régnait une quiétude typique du sud et qui protégeait les liens familiaux faits d'amour.

Après s'être présentée au parlophone, le grand portail blanc s'ouvrit sur un jardin qui était bien trop "parfait", tout était tondu et positionné d'une telle manière qu'on aurait pu croire qu'avant exécution des travaux d'aménagement, cela avait été calculé à l'équerre et au rapporteur.

Adélina préférait nettement les jardins naturels des maisons authentiques, et si elle avait dû acquérir un bien immobilier, ce n'est certainement pas ce genre de maison moderne et aseptisée qu'elle aurait achetée. Mais enfin, ce n'est pas comme si elle pouvait se poser la question d'un tel choix, compte tenu de ses économies sur son compte en banque, à savoir, nulles.

Elle remonta sur sa bicyclette pour faire les dizaines et dizaines de mètres qui la séparaient de la porte d'entrée. Il est clair qu'elle et son petit véhicule à deux roues faisaient tâche dans le décor, et Adélina sentait une petite pointe dans son estomac, annonciatrice d'un évident mal à l'aise.

Mais cette sensation fut vite balayée quand elle surprit un homme sur le perron, qui l'attendait visiblement. Grand, blond, les cheveux bien coiffés, d'une allure assez classe, collant parfaitement à l'esthétique du lieu, et avec un sourire chaleureux et rassurant.

Il avait les mains dans les poches, évoquant une allure détendue et désinvolte, et il lui souriait gentiment, attendant qu'elle le rejoigne.

Adélina se souvenait des paroles de son patron, évoquant une star, et bien que le visage de cet homme - séduisant, au passage, très séduisant - ne lui soit pas inconnu, il était impossible pour elle de remettre un nom sur cet individu, aussi célèbre qu'il puisse être.

_ Vous devez être Adélina, lui adressa-t-il, dans un français parfait avec un accent mi américain, mi italien, le sourire toujours aussi présent sur son visage... parfait, se dit Adélina. Votre patron m'a prévenu de votre visite et m'a vanté votre travail exemplaire. Enchanté, je m'appelle Léandro.

_ Enchantée également, c'est un plaisir de venir travailler chez vous.

_ Venez, entrez, je vais vous faire visiter.

Adélina était sidérée d'une telle gentillesse, d'une telle humilité, d'une telle simplicité, bref, elle était conquise, et surtout, étonnée qu'il la mette aussi bien à l'aise.

_ Merci pour votre accueil, Léandro. Mon patron m'a déjà expliqué les tâches que j'avais à effectuer, j'essaierai d'être la plus discrète possible pour ne pas vous déranger. Votre épouse est ici ?

_ Mon épouse ? demanda-t-il, surpris. Il doit y avoir une erreur, je ne suis pas marié... même pas l'ombre d'une petite amie dans ma vie. Vous ne croiserez ici que ma collègue de travail, une actrice avec qui je tourne des séquences de notre film, ici, à St Tropez.

_ Oh, je suis navrée, j'ai sûrement dû mal comprendre, je vous demande pardon, balbutia Adélina.

_ Ce n'est rien, détendez-vous ! répondit Léandro, posant une main réconfortante et rassurante sur l'épaule d'Adélina, avec toujours ce sourire dévastateur sur son visage angélique. Quoique, je ne vous ai peut-être pas dit l'entière vérité concernant une femme dans ma vie.

Adélina ressentit une déception vive à la fin de la phrase de Léandro. Comme si de le savoir célibataire lui permettait d'espérer une infime petite chance de le séduire ? Elle secoua la tête, comme pour effacer cette pensée, et se sentit bousculée lorsqu'elle arriva près de la piscine.

_ Je vous présente la femme de ma vie, Stella, dit Léandro, riant de bonheur en caressant cette créature magnifique.

Stella n'était autre que sa chienne Golden Retriever, aussi blonde que son humain et visiblement aussi gentille et abordable.

_ Oh, je ne savais pas que vous aviez un animal dans la maison, elle est magnifique ! affirma Adélina, acceptant volontiers les câlins très dynamiques de Stella.

_ Je crois qu'elle vous a adoptée ! Je ne me fie qu'à

elle, si je sens qu'elle apprécie quelqu'un, c'est que je sais, assurément, que je peux également apprécier cette personne.

Papotant de tout et de rien encore quelques minutes, ils se mirent d'accord sur un planning, Adélina devant venir ici une fois par semaine, elle réussit à conserver son lundi de libre pour continuer à s'occuper de la maison de Madame Tousseau, et il fut convenu qu'elle viendrait chez Léandro le mardi.

La porte sonna, et Léandro alla ouvrir, laissant entrer une femme brune dont la noirceur des cheveux allait parfaitement avec la dureté de son regard. Elle regarda Adélina avec mépris, émit un "pshit" désagréable à l'égard de Stella, accompagné d'un index levé, signifiant "ne t'approche pas de moi", et Adélina surprit à la volée les yeux levés au ciel de Léandro, lui apportant la réponse à la question qu'elle se posait, à savoir, étaient-ils amants ?

Quelque peu rassurée, allez comprendre pourquoi, Adélina se concentra sur son travail, alors que Léandro, accompagné de Stella et de l'actrice insupportable, qui n'avait même pas daigné se présenter, se mettaient à l'aise sur la terrasse pour travailler leur texte.

La matinée passa rapidement, et bien que la maison fût grande, ce qui inquiétait Adélina, se demandant si elle aurait le temps de tout faire dans le temps imparti, le travail se réalisa même plus vite qu'elle ne l'espérait, Léandro tenant très proprement cette maison. Encore une qualité à lui attribuer, se dit-elle, bien malgré elle, essayant de se concentrer sur la venue de Mattéo pour effacer Léandro de son esprit.

S'apercevant que les deux acteurs avaient eux aussi terminé de travailler, elle alla se planter devant la baie vitrée et fit un petit signe de la main à Léandro, n'osant pas aller l'importuner. Toujours avec son sourire scandaleusement irrésistible, il pénétra dans la maison, accompagné de sa fidèle Stella, laissant l'actrice, toujours inconnue au bataillon selon Adélina, siroter son verre sur la terrasse, celle-ci ne lâchant pas du regard Léandro.

_ Je peux vous servir un verre, maintenant que nous avons tous fini de travailler, proposa-t-il.

Mais Stella, toujours aussi vive, joyeuse, et démonstratrice, en profita pour se jeter sur Adélina, faisant tomber son sac mais lui offrant un moment de rires sans fin.

_ Mais tu es une vraie coquine, Stella, lança Adélina alors qu'elle se faisait lécher le visage par l'animal survolté.

_ Je suis navré, elle a vraisemblablement jeté son dévolu sur vous, et ça n'arrive pas souvent, je peux vous en assurer, dit Léandro pendant qu'il ramassait les affaires d'Adélina pour les ranger dans son sac.

_ Oh, laissez, vous n'avez pas à faire ça, se reprit elle, riant et luttant gentiment avec Stella pour retrouver l'usage de son corps, qui était à moitié écrasé par la chienne.

Se jetant sur ses effets personnels, un peu honteuse que Léandro puisse en apprendre sur son intimité, ses mains rencontrèrent celles de son fantasme du moment, et elle adora le petit courant d'électricité qui passa en elle au contact de sa peau.

Léandro sembla lui aussi apprécier ce contact, l'étincelle dans ses yeux le prouvant à Adélina.

Reprenant chacun leurs esprits, Léandro s'attarda sur un objet tombé par terre qu'il attrapa, le sourire toujours aux lèvres.

_ La Maudite, dit-il, s'intéressant au livre qu'il tenait dans les mains. Voilà une lecture bien intéressante.

_ C'est mon livre préféré, répondit Adélina, enjouée. Ça doit faire la dixième fois que je le lis, mais je ne m'en lasse pas.

_ C'est une histoire fantastique. Et vous savez ce que je regrette ? Que personne n'ait jamais essayé de le réaliser en film. C'est sûrement le défaut de mon métier que d'imaginer toute histoire en film, mais j'adorerais voir ce qu'un réalisateur pourrait en faire. Je suis sûr qu'avec une bonne équipe, il serait possible d'en faire un film formidable.

_ Mais oui, vous avez raison, je me disais la même chose ! Même si je suis plus une lectrice qu'une spectatrice.

Adélina coupa court à sa phrase, craignant que Léandro ne lui demande quels films elle aimait, et pire, quels films dans lesquels il jouait elle avait vus, ne réussissant toujours pas à remettre l'acteur. Pour l'instant, elle se contentait de se laisser charmer par l'homme séduisant, avenant, qu'il était, ne se préoccupant nullement de la "star" qu'il était.

Mais au lieu d'accaparer l'attention sur lui, Léandro en profita pour poser plusieurs questions à Adélina, sur sa passion pour les livres, sur l'avenir professionnel qu'elle envisageait, tout en leur servant un verre.

Ils papotèrent de longues minutes, échangèrent sur tout et rien, rirent de choses et d'autres, sous l'œil noir de l'actrice qui avait tenté de se joindre à la conversation, mais sans être parvenue à capter l'attention de Léandro, bien trop intéressé par ce que racontait Adélina.

Puis il fut l'heure pour Adélina de s'en aller, devant manger sur le pouce en remontant au village, avant d'aller rejoindre Madame Tousseau.

L'actrice, Olivia, finit par comprendre Adélina après avoir entendu Léandro l'appeler une fois ou deux, prit congé elle aussi. Léandro lui lança poliment un "à demain", la laissant s'engouffrer dans le taxi qui l'attendait déjà, et interpellant Adélina qui s'était déjà avancée sur les marches de l'entrée, pour enfourcher son vélo.

_ Adélina, héla Léandro. Je dois aller promener un peu Stella sur le bord de mer, ça vous dirait de nous accompagner ? On pourrait manger un petit truc en marchant. Je ne connais pas le coin, et en plus, quand je ne suis pas seul, les gens sont un peu moins intrusifs et me laissent tranquille, rajouta-t-il, un petit sourire en coin.

Un peu hésitante, elle accepta, l'informant juste qu'elle

devrait le quitter en tout début d'après-midi, ayant fait une promesse, chose à laquelle elle ne se dérobait jamais, question de principe.

Léandro sembla approuver cette manière d'agir, visiblement déjà un peu sous le charme physique de la jeune fille, et il faut dire, ce n'était pas difficile, Adélina ayant eu "la bénédiction de Dieu", selon Nonna, c'est-à-dire, elle était belle comme un cœur. Elle avait pris de sa mère les courbes généreuses des femmes italiennes, la peau délicatement dorée, les yeux noisettes et envoûtants, une chevelure aux reflets ensoleillés magnifique, mais la ressemblance s'arrêtait là, des gênes de son père avaient marqué le territoire en lui offrant en plus une douceur dans les traits de son visage que même sa mère Simona lui enviait.

Au-delà du physique, si gracieux à ses yeux, Léandro s'étonnait, de minute en minute, de découvrir une personne honnête, loyale, sérieuse, un peu rêveuse.

Il lui était agréable de parler à une personne qui ne côtoyait pas ce monde dans lequel il évoluait, un monde fait de paillettes et d'apparat, un monde faux et superficiel, un monde où les femmes ne voyaient en lui que le Léandro Di Oltéo, l'acteur connu et riche, alors que cette jeune et belle Adélina ne semblait même pas le reconnaitre et ne semblait s'intéresser, timidement, qu'au Léandro qui avait quitté l'Italie avec sa maman pour faire mieux que survivre dans son pays d'origine et se donner une chance aux Etats-Unis.

_ Vous avez un peu eu le temps de visiter le coin déjà ? demanda Adélina.

_ Oh pas vraiment ! Comme je vous l'ai dit, et sans vouloir paraître prétentieux, les gens m'abordent souvent si je suis seul, et n'ayant pas vraiment de compagnie humaine pour me suivre dans une éventuelle balade touristique, j'ai préféré me concentrer sur mon travail, répondit Léandro, qui arborait maintenant une paire de lunettes de soleil qui cachait ses si jolis yeux.

Ceci dit, si dans les jours à venir vous n'avez rien de mieux à faire que de me faire découvrir votre si jolie région, je serai ravi de partager ce moment en votre compagnie, ajouta-t-il, avec un sourire irrésistible sur son visage accompagné d'une petite gêne qui laissait supposer qu'il avait un peu l'appréhension d'un possible refus de sa part.

_ Je pense que ça devrait rentrer dans le domaine des possibles, dit Adélina en riant.

Léandro semblait soulagé, et lorsque son téléphone sonna, sans même regarder qui l'appelait, il le mit en silencieux pour ne pas gâcher cet instant, tout en s'excusant auprès d'Adélina. Combien d'hommes auraient agi ainsi, se dit-elle ? Aujourd'hui, les hommes n'avaient plus vraiment le sens de la courtoisie et de la galanterie envers la gente féminine, et elle fit rapidement la comparaison avec Mattéo, qui faisait bien pâle figure face à Léandro dans les pensées d'Adélina.

Léandro paya le déjeuner qu'ils prirent dans un foodtruck garé au bord de mer, et pendant qu'ils marchaient, Stella entre eux, il était facile d'apercevoir les regards insistants des gens autour d'eux, les têtes qui se retournaient sur leur passage, mais lui, étant habitué, n'y prêtait pas attention, mais conservait ce sourire si agréable sur son visage.

Seul un groupe de jeunes filles, qui paressait sur le sable, se permit de s'approcher pour demander un selfie. Bien que gêné, et s'excusant de l'intrusion auprès d'Adélina, Léandro joua le jeu, et ce n'est que lorsqu'Adélina entendit l'une des jeunes filles dire "je vous ai adoré dans le film Majestic !" qu'elle sut enfin qui il était, du moins, la star mondiale qu'il représentait ! Mais pour autant, même si elle se sentait un peu en décalage avec ce genre de personne, elle garda en tête qu'il était avant tout un homme, et qu'elle prenait un réel plaisir à être à ses côtés (et en même temps, cela aurait sûrement été le cas de 90% des femmes dans le monde !).

Lorsqu'ils s'écartèrent du groupe, ils reprirent naturellement leur conversation, et rentrèrent finalement à la maison car l'heure avançait et Adélina ne voulait pas manquer son rendez-vous, bien que rester avec Léandro lui aurait été d'une douceur semblable à une tarte au citron, sucrée et acidulée. Mais elle savait qu'elle le reverrait bientôt, aussi ce fut plus facile de s'en séparer.

_ Merci d'avoir partagé ce déjeuner avec moi Adélina! lui dit Léandro. On se revoit donc mardi prochain... à moins que l'on puisse se retrouver en fin de semaine pour une balade touristique, ajouta-t-il, d'une manière timide qui fit craquer Adélina.

_ Avec grand plaisir ! Je vous laisse mon numéro, n'hésitez pas à m'appeler d'ici vendredi pour que l'on puisse organiser cette sortie, lui répondit-elle, le sourire aux lèvres.

Quand elle arriva chez Madame Tousseau sur sa bicyclette, la veille dame l'attendait déjà sous un chêne, paressant tranquillement sur un transat, la citronnade ayant déjà été servie et n'attendant que l'arrivée d'Adélina.

_ Adélina, ma belle, enfin te voilà ! Que je suis contente de te voir ! chanta madame Tousseau de son accent du Sud.

_ Bonjour Madame Tousseau, vous allez bien ? demanda-t-elle, en étreignant affectueusement la vieille dame, restée à demi allongée.

_ Et bien, et bien... quelle est la raison de ce sourire, et de ce rayonnement qui émane de toi aujourd'hui ? questionna Madame Tousseau d'un air mutin.

_ De quoi parlez –vous ? répondit Adélina, en riant.

_ Oh, ma petite, on ne me l'a fait pas à moi, dis ! Raconte-moi tout !

_ Et bien... Croyez-vous au coup de foudre ?

_ Ma foi, oui, je suppose que ça peut arriver... même si je n'ai jamais rien connu de tel. Pourquoi cette question ma belle ?

_ Je crois que ce matin, j'ai vécu un coup de foudre... Je dirais même Le coup de foudre.

_ Oh, que c'est excitant ! Dis m'en plus!

_ Il n'y a pas grand-chose à dire vous savez... en plus je crains de n'avoir aucune chance... Il s'agit de mon nouveau client... Vous ne me croirez jamais quand je vous dirai de qui il s'agit !

_ Ah non, pas de devinette avec moi ma petite !

Tout en riant de l'impatience et de la curiosité de Madame Tousseau, Adélina avoua l'incroyable nouvelle.

_ J'ai rencontré Léandro Di Oltéo aujourd'hui ! C'est lui mon nouveau client !

_ Et c'est lui ton coup de foudre ma belle ? Ce joli petit coquet qui a joué dans le film Adam et Eve ? Mon Dieu quelle chance tu as !

_ Oui mais c'est idiot... c'est plus de l'ordre du fantasme qu'autre chose... lui et moi, on vit à des années-lumière.

_ Mais qu'est-ce que tu me racontes ! C'est un humain comme un autre... il va aux toilettes comme le commun des mortels ma petite Adélina. Tu sais, quand j'ai rencontré mon regretté André, je n'étais qu'une jeune femme du bas peuple, à vendre des chaussures dans un petit magasin de quartier pour m'en sortir, alors que lui était un aristocrate, un homme riche, d'une famille riche et distinguée. Cela ne l'a pas empêché de me séduire après avoir acheté trois paires de chaussures ce jour-là, et de m'épouser quelques mois plus tard !

_ Maintenant que vous le dites... mais enfin... il y a Mattéo...

_ Ah non, l'interrompit la dame, ne me parle pas de cet

idiot de Mattéo, que tu attends comme une Pénélope en faisant de la broderie. Il ne te mérite pas, je ne l'ai peut-être jamais rencontré mais je le connais suffisamment à travers toi pour savoir que ce pauvre garçon n'est pas celui qu'il te faut, et je suis sûre que lui ne se préoccupe pas vraiment de toi dans son petit train-train quotidien !

Adélina savait que Madame Tousseau, tout comme Nonna, avait raison au sujet de Mattéo.

Tout en sirotant sa citronnade en parlant gaiement avec Madame Tousseau, elle se fit la promesse de rompre une bonne fois pour toute avec lui s'il ne venait pas pour son anniversaire.

Après ce moment de repos, elle en profita pour faire rapidement son travail dans le mas provençal pour rattraper son retard pris au cours de la matinée.

En retournant dans le jardin au moment de partir, elle salua une dernière fois Madame Tousseau, lui promettant de tout lui raconter le lundi prochain.

_ Et n'oublie pas de penser à mon cher André et à moi quand tu seras en compagnie de ton beau Léandro, pour te donner confiance en toi et en tes possibilités amoureuses, ma petite ! Il n'y a pas de critères en amour, seulement des destinées.

Adélina sourit en déposant une bise sur la joue de la vieille dame et enfourcha son vélo pour rentrer au village.

CHAPITRE 3

Comme tous les lundis après-midi, Adélina allait faire les courses avec Nonna et Louise. D'ordinaire, elles y allaient sur les coups de 15h, après que Nonna ait regardé son feuilleton italien favori, un soap à l'eau de rose qui faisait sourire malgré tout Adélina, voyant combien Nonna prenait ces histoires à cœur, comme si les personnages étaient des personnes proches dans sa vie. Mais aujourd'hui, changement de planning oblige, exceptionnellement, il était déjà 16h30 quand elles montèrent toutes les trois dans la Fiat 500 de Nonna, réparée soigneusement par Illarione.

Bon, clairement, il ne fallait pas charger trop de courses avec une si petite voiture pour bolide, sous peine de finir écrasé par les sacs de provisions sur le chemin du retour, mais les trois femmes avaient un bon sens de l'organisation.

Alors qu'elles longeaient les rayons et remplissaient le caddie tout en parlant de tout et de rien, Adélina omettant de parler de la grande nouvelle de la journée, Nonna et Louise partageaient des sourires et des regards entendus, sachant très bien que quelque chose se passait dans la vie de la jeune femme.

_ *Micetta, -petit chat* - lança Nonna, ce n'est pas qu'on soit impatientes avec Louisette, mais on ne va pas attendre jusqu'à la Saint Glinglin que tu nous racontes ce qui te donne ce sourire béat sur ton visage !

_ Honoria! cria Louise, jouant la personne offusquée alors qu'elle trépignait et fixait son amie d'un regard intense dans l'attente de la confession.

_ Mais... balbutia Adélina... ça se voit tant que ça ?

_ Tu es un livre ouvert, *pulcino, - poussin* - répondit Nonna, toute mielleuse.

_ Oh dans ce cas-là, je n'ai rien à raconter, tu dois déjà tout savoir, rétorqua Adélina, mutine.

_ Ne joue pas avec mes nerfs, *maliziosa, - coquine* - j'ai de l'intuition mais je ne suis pas devin non plus!

_ Allons, ajouta Louise, amusée et piquante, s'accrochant au bras de son amie, confesse-toi mon petit !

_ Vous faites bien la paire toutes les deux, hein ! dit Adélina en riant. Bon, et bien... j'ai rencontré quelqu'un. Enfin non, je n'ai pas rencontré quelqu'un, disons que j'ai fait la rencontre de quelqu'un.

_ *Mannaggia, - merde* - gémit Nonna, voilà que son cerveau a grillé ! Je craignais plus pour le cœur, je me suis trompée !

_ Arrête, Nonna, plaisanta Adélina. Ce que je veux dire c'est qu'il s'agit d'une rencontre normale, pas amoureuse, toi qui dois déjà m'imaginer en robe de mariée, à toujours te faire des idées ! Il s'agit juste de mon nouveau client... qui, est, certes, absolument charmant.

_ Oui, voilà, c'est ça, c'est moi qui me fais des idées,

avec ton sourire béat, je sais très bien ce que je vois et je ne m'imagine rien du tout, je sais que tu as rencontré aujourd'hui l'homme de ta vie ! N'en déplaise à ce cher Mattéo, surenchérit Nonna, un sourire diabolique aux lèvres.

_ Bon, allez, arrêtez toutes les deux, intervient Louise, donne-nous plutôt des détails !

_ Mais que vient faire Mattéo là-dedans, Nonna? Enfin, bref... Vous ne me croirez jamais, murmura Adélina, alors que Nonna baragouinait des phrases en italien.

_ Allez !!! hurlèrent en cœur Louise et Nonna.

_ Il s'agit de Léandro Di Oltéo, le célèbre acteur, confia Adélina, le souffle coupé, attendant la réaction des deux femmes.

Elles se regardèrent l'une et l'autre, Nonna se tapant le front d'une main, crachant un *Dio mio, - Mon Dieu -* et Louise s'esclaffant, toute gorge déployée.

_ Que vous êtes bêtes, rigola Adélina, je vous l'avais dit que vous ne me croiriez pas.

_ Parce que tu es sérieuse ?! s'exclamèrent en chœur Nonna et Louise.

_ Ben oui, évidemment !

Adélina leur raconta sa matinée auprès de Léandro, le déjeuner sur le pouce, le charme et la gentillesse de l'homme, et la promesse d'un rendez-vous pour le week-end.

_ Tu vas le mener où alors ? demanda Louise.

_ J'avais pensé à un pique-nique sur la plage de la Moune en soirée, après un tour en vélo dans Gassin pour lui faire découvrir notre village, et un petit détour gourmand à La Maison des Confitures.

Nonna et Louise approuvèrent, et après être passées en caisse, invitèrent Adélina dans une boutique de vêtements pour lui trouver une nouvelle petite robe pour ce rendez-vous à venir.

Louise en profita pour s'acheter un nouveau jean. Pour elle, c'était simple, la taille la plus petite lui convenait, avec son physique un peu androgyne, elle était bien différente d'Adélina. Des cheveux blonds, une coupe à la garçonne, les yeux bleus et ronds, elle avait un visage de poupée qui se rapprochait même d'un visage d'ange.

Pour Adélina, c'était un peu plus compliqué, avec ses formes féminines qui lui offraient le corps parfait pour enfanter, comme lui disait souvent Nonna.

En cette période estivale, cependant, il était facile de trouver son bonheur, avec toutes les jolies petites robes fleuries qui s'amoncelaient dans les rayons.

D'un avis unanime, elles choisirent ensemble un modèle crème avec des fleurs rouges, mettant en valeur le bronzage naissant de sa peau méditerranéenne, à peine décolletée pour ne pas en offrir trop vite et suffisamment courte pour laisser entrevoir ce corps qui faisait rêver beaucoup d'hommes.

A la caisse, Adélina en profita pour glisser une jolie broche en forme de rose rouge pour l'offrir à Nonna.

C'est arrivées à la voiture, après avoir déchargé le caddie

et prêtes à redémarrer, qu'Adélina offrit son petit cadeau à Nonna qui en profita pour ajouter, après l'avoir remerciée, une demande de promesse.

_ *Mia cara*, sussurra Nonna, sans vouloir faire ma rabat-joie, ou ma vieux jeu, ou comme tu voudras me nommer... promets-moi de balancer une bonne fois pour toute ce *pezzo di merda - enfoiré -* de Mattéo, pour l'amour du ciel ! ajouta-t-elle, bien plus énervée qu'au début de sa phrase.

Avec les yeux ronds, Adélina lui répondit, à moitié amusée, avec Louise derrière elle qui était pliée en deux de rire.

_ Nonna... je ne dirais pas que Mattéo est un "morceau de merde", tout de même.... Mais enfin, comment sais-tu que nous sommes toujours ensemble ?

_ Ensemble est un grand mot, *mia cara...* Mais je suis ta grand-mère, pour ne pas dire ta seconde mère... crois-tu que je ne m'en rends pas compte de ton attente ? De ton changement d'humeur qui dénote une déception ? S'il-te-plaît, ferme la porte de cette histoire et ouvre enfin celle de ton grand amour ! Et quand bien même ce joli petit Léandro ne serait pas ton grand amour, abandonne tout espoir avec le Mattéo ! Et ne me demande pas de te rappeler comment il t'a traitée pendant cette année-là !

Adélina savait très bien de quoi parlait Nonna, et elle lui promit de l'appeler le soir-même pour tirer un trait sur leur prétendue histoire, décidée par le discours de Nonna mais aussi et surtout par sa rencontre avec Léandro.

CHAPITRE 4

Adélina était dans sa chambre quand elle décida d'appeler Mattéo. Il était près de 19 heures, elle redoutait qu'il ne réponde pas, car à chaque fois qu'ils s'appelaient, c'était après avoir convenu d'un jour et d'une heure, comme un rendez-vous. A croire que Mattéo était quelqu'un de très occupé.

Une sonnerie, puis, deux, puis trois, et elle était prête à raccrocher, une boule d'angoisse lui dévorant le cœur, quand Mattéo finit par répondre, du moins, elle crut entendre sa voix.

_ Adélina, c'est toi ? lui demanda-t-il, criant presque, pour que sa voix puisse recouvrir le brouhaha qu'elle percevait, et notamment une femme qui semblait murmurer des phrases en italien à Mattéo.

_ Oui, j'avais besoin de te parler et...

_ Attends, l'interrompit-il, je suis occupé là, on n'avait pas prévu de s'appeler aujourd'hui... je te rappelle plus tard.

Et il raccrocha. Adélina était perplexe, mais aussi perdue et énervée. Comment pouvait-il se comporter ainsi malgré leur histoire... Que pouvait-il bien être en train de faire, et surtout, avec cette fille qu'elle avait nettement entendue ?

Nonna avait indéniablement raison... comme tout le

monde d'ailleurs. Pourquoi ne les avait-elle pas tous écouté à l'époque, quand était arrivé cet accident de parcours... Quelle erreur d'avoir poursuivi cette histoire qui n'existait que dans le cœur d'Adélina, alors que pour Mattéo, elle n'était qu'une distraction estivale.

Ils s'étaient tous les deux rencontrés à l'été 2012, alors qu'Adélina et Louise étaient à une fête sur la plage en fin d'après-midi. Louise avait rapidement abandonné son amie à ce bellâtre pour profiter de la soirée qui arrivait, avec Jules.

Adélina n'avait pas mis longtemps pour craquer, littéralement, sur ce garçon. Il faut dire qu'il avait des atouts, avec ses yeux noirs en amande, ses cheveux noirs également, qui lui retombaient négligemment sur le front, sa voix suave et cet accent doux et chantant qui lui racontait des histoires... Au début, elle ne voyait ça que comme une histoire de vacances, mais lors de cette première année, Mattéo s'était montré complice et romantique avec elle, lui envoyant chaque semaine des lettres dans lesquelles il lui promettait un amour inconditionnel et un avenir idyllique.

A l'été 2013, leur histoire continua, aussi légère et enivrante que les soirées en Italie. Adélina et Mattéo passaient tout leur temps libre ensemble, lui jonglant entre son travail de serveur et les petits contrats qu'il arrivait à décrocher en tant que guitariste et chanteur.

Ils profitaient de la plage en journée, laissant le soleil réchauffer leur peau et leur passion grandissante, échangeant des baisers au goût de la mer salée, faisant des plans d'avenir que ni l'un ni l'autre ne savaient possible, et faisant l'amour toutes les nuits dans la fraicheur de l'appartement de Mattéo.

A la fin des vacances, tout recommença comme l'année précédente, les lettres de Mattéo s'amoncelant dans la chambre d'Adélina.

Jusqu'au jour où celle-ci se sentit fatiguée, nauséeuse, et quand elle eut un retard de règles, elle en parla tout de suite à Louise, après avoir fait un test qui s'avéra positif.

_ Tu es enceinte ? hurla-t-elle, sous le choc.

_ Chuuuuuuut, Nonna n'est pas au courant.

_ Nonna est au salon de coiffure et nous on est chez moi, Lina ! rétorqua Louise, souriante, usant du petit surnom de son amie pour la rassurer. De toutes façons tu vas devoir lui raconter, même si tu es majeure et sûrement une grande fille, tu ne peux pas lui cacher ça.

_ Mais tu imagines, Louise ! Elle va me tuer !

_ Mais non, maintenant que tu portes la vie en toi, elle va te glorifier et te chouchouter, tu vas voir ! Par contre Mattéo devrait avoir peur, à moins qu'il agisse comme il se doit d'agir.

_ Tu veux dire quoi par là ?

_ Oh, Lina, ne me fais pas croire que tu n'as pas pensé à ce que Nonna va exiger de lui ! Il a intérêt à rappliquer rapidement en France, se dénicher un travail ici, vous trouver un joli petit coin douillet pour vous deux et le bébé à venir... et t'épouser, évidemment, ajouta-t-elle, un sourire machiavélique sur le visage.

_ Merde.... Il est mort !

Et elles rirent à s'en tordre le ventre.

Dans les jours qui suivirent, Adélina écrivit à Mattéo, de manière poétique pour lui apprendre la nouvelle. Mais elle, en revanche, restait sans nouvelles.

Elle finit par se décider à l'appeler, plusieurs fois, laissa des messages sur son répondeur, envoya des textos, rien, Mattéo s'était volatilisé, ou était mort ! Ce qui était impossible, pour l'instant en tout cas, puisqu'elle n'avait pas encore prévenu Nonna, donc il jouait seulement au mort.

Ce n'est que pendant la dernière semaine de septembre qu'elle reçut enfin une lettre du coupable. Bel et bien vivant, mais tout autant lâche, il se noya en excuses mais Adélina retint une chose, si elle gardait ce bébé, il ne l'aiderait en rien et ne serait présent ni pour elle, ni pour l'enfant.

Ce problème quelque peu important résolu, la question qu'elle devait se poser maintenant était, est-ce que, elle, Adélina, souhaitait garder ce bébé ? Bon sang, se dit-elle, pour une fois dans sa vie, elle aurait bien aimé demander conseil à sa mère. Mais elle serait sûrement occupée sur un tournage quelque part en France ou ailleurs, et au mieux, elle lui recommanderait d'en parler à Nonna. Quelle ironie tout de même, se dit-elle, de vivre la même chose que sa mère... sauf que elle, elle allait se donner la chance de choisir si oui ou non avoir un enfant seule à son âge était une bonne idée. Et il serait temps qu'elle se décide, car selon ses calculs, elle était déjà à six semaines de grossesse... si elle choisissait l'option non pour un bébé, il faudrait rapidement organiser les choses. Et pour organiser les choses, et surtout, prendre la bonne décision, elle n'avait pas d'autre choix que d'en parler à Nonna.

_ *Dio mio*, hurla Nonna alors qu'Illarione sursauta dans le canapé après avoir entendu son épouse crier dans la chambre. Mais qu'est-ce que j'ai fait pour avoir des filles pareilles !

Adélina s'abstint de lui rappeler que, techniquement, elle n'était pas sa fille mais sa petite-fille, mais elle la sentait déjà suffisamment irritée pour en rajouter une couche.

_ Et tu vas faire quoi alors, tu as pris une décision ? Non pas que je puisse décider pour toi, mais on pourrait décider ensemble...

_ Stop, Nonna! Justement... je voulais appeler Maman mais je ne l'ai finalement pas fait... J'aurais bien eu besoin d'un conseil mais je ne veux pas la déranger... Alors toi, tu me conseilles quoi ?

_ C'est vrai que ta mère est la mieux placée pour te conseiller, *mia cara*, répondit Nonna, s'étant adoucie, en se tenant le menton. A l'époque, quand même, elle aurait pu me demander conseil !

_ Et tu lui aurais conseillé quoi, justement ?

_ D'après toi ?! Me passer de toi ? Me priver de ta présence dans ma vie ? Ne pas t'avoir connue, ne pas avoir connu les joies d'être une grand-mère comblée ? Plutôt mourir !

Bon... Nonna et son sens du drame.

_ Donc, tu m'encourages à garder ce bébé ?

_ Non, *micetta,* ne tire pas de conclusion trop vite ! Moi j'étais là pour remplacer ta mère. Mais je ne pourrai pas être là pour te remplacer toi. Même si je suis encore jolie pour mon âge, je vieillis, et je ne serai pas éternelle. Et j'ai bien vu que pour ta mère, à mon grand étonnement, devenir maman ne lui a pas réveillé son instinct maternel. Donc, je n'ai pas de conseil à te donner, mais je ne te dirais pas de garder ce bébé à tout prix si tu n'es pas prête ou que tu n'as pas envie de suivre ce chemin toute seule, sans père pour ton enfant.

_ Je crois que.... Je crois que j'aimerais partager un amour sincère avec un homme, construire un foyer, et avoir un enfant parce que j'aurai rencontré mon âme sœur, dit Adélina dans un murmure.

Souriant malgré tout, Nonna la serra dans ses bras tendrement.

_ Bon, d'accord, je vais t'accompagner chez Dieu pour que tu ailles te confesser... on sait toi et moi qu'il va m'en vouloir de cette décision. Car ensuite, on fera ce qu'il y a à faire, appelons un chat un chat, je parle de ton avortement. Mais je te préviens, tu auras une dette envers moi. Tu auras intérêt, le jour venu, de me faire de beaux petits-enfants.

Adélina accepta, soulagée, sans lui rappeler, une nouvelle fois, que techniquement, ce ne serait pas ses petits-enfants mais ses arrières-petits-enfants, et c'est après une excursion en Fiat 500 à l'église pour se faire pardonner par Dieu, puis à l'hôpital, soutenue par Nonna et Louise, et une petite dépression, qu'Adélina reprit son train-train quotidien, le ventre vide, mais le cœur réchauffé par ses proches. Et quelques mois plus tard, alors que le printemps était installé depuis un petit moment et que l'été et les vacances approchaient, Mattéo revint vers Adélina en lui envoyant des lettres parfois romantiques, souvent torrides, et perdue dans une solitude sentimentale, elle replongea dans les griffes de son ténébreux, sans en parler à Nonna, évidemment.

Mais cette fois-ci, Mattéo ne tenta pas de la rattraper. Sans qu'il ne l'ait rappelée avant qu'elle ne s'endorme, elle passa la nuit à cogiter, et quand elle parvenait à s'endormir, c'était pour rêver de Léandro.

Alors, à son réveil, sans nouvelles de la part de Mattéo, elle prit la décision d'agir comme lui le faisait, lâchement et égoïstement, et lui envoya un simple texto : "c'est fini".

CHAPITRE 5

La semaine passa rapidement, mais pas assez vite pour Adélina, qui trépignait d'impatience d'être à dimanche. L'attente fût un peu plus supportable quand elle reçut un texto de Léandro. C'était mercredi, Adélina rentrait du travail, elle profitait de la chaleur du soleil alors qu'elle pédalait tranquillement, quand elle entendit la petite sonnerie de son téléphone, celle annonciatrice de l'arrivée d'un message. Elle vérifiait toujours ses messages, même quand elle était sur les chemins à vélo, au cas où Nonna lui demanderait de faire une course.

Mais là, elle découvrit avec étonnement que l'expéditeur du message était un numéro qu'elle ne connaissait pas. Un peu anxieuse, elle ouvrit la petite enveloppe et lut avant tout la fin du message pour s'apercevoir qu'il était signé Léandro, et un sourire un peu niais se dessina sur ses lèvres.

" Bonjour Adélina, j'avais envie de vous écrire pour vous dire qu'il me tardait de vous revoir et de passer un moment sympa à vos côtés. Et au moins, maintenant, vous aurez mon numéro ! A très vite, Léandro."

Elle lui répondit instantanément, l'informant qu'elle avait déjà choisi ce qu'elle allait lui faire découvrir et qu'il lui tardait à elle aussi d'être à dimanche.

Le reste de la semaine défila après ce message, et samedi soir, alors qu'elle s'apprêtait à lui envoyer un petit mot pour l'informer de l'heure et du lieu du rendez-vous, son téléphone vibra entre ses mains, la faisant sursauter, et quand elle vit que le message venait de Léandro, elle se dit qu'ils devaient être en connexion pour penser l'un à l'autre au même moment. A moins qu'ils ne pensent non-stop l'un à l'autre, ce qui aurait expliqué la coïncidence.

Le message était bref, mystérieux, et invitait à de douces rêveries. "Plus que quelques heures… ?"

Adélina comprit que Léandro avait besoin d'être rassuré sur la confirmation de leur rendez-vous et attendait de connaître les détails, ce qu'elle trouva touchant de la part d'un homme comme lui, qui devait pourtant avoir l'habitude de courtiser les femmes.

Elle se dépêcha de lui répondre et elle ne trouva le sommeil que bien plus tard, le stress l'empêchant d'être vraiment sereine, car toute à l'excitation de ce grand jour, elle appréhendait de ne pas être à la hauteur de cet homme.

Elle se réveilla heureusement assez tard dans la matinée, ce qui lui permit de récupérer les heures de sommeil perdues à cogiter et à remuer dans son lit. Elle avait donc le teint frais, le regard reposé, et après avoir avalé un petit en-cas qui lui servit de petit-déjeuner et déjeuner, à savoir, un bol de muesli et une salade de fruits, elle se hâta dans la salle de bains pour se préparer.

Après une douche rafraichissante, elle coiffa ses longs cheveux épais en une natte sur le côté, laissant quelques mèches rebelles danser librement autour de son visage, se maquilla sobrement et discrètement, juste ce qu'il fallait pour mettre en valeur ses beaux yeux en amande, sa bouche pulpeuse et son teint hâlé. Enfin, elle passa la robe achetée en compagnie de Nonna et Louise, et en vue de la balade à vélo qu'elle avait prévue, elle choisit des petites baskets blanches. Un peu de parfum dans son cou et dans ses cheveux, et elle était en route pour rejoindre Léandro.

Elle lui avait donné rendez-vous à la Maison des Confitures directement pour qu'il puisse trouver facilement le lieu de rencontre, et alors qu'elle approchait de la boutique sur sa bicyclette, elle le vit, adossé à sa voiture, papotant avec un employé du magasin, Paul, qu'Adélina connaissait bien et à qui elle avait demandé de lui prêter un vélo pour Léandro.

_ Ah, Adélina, bonjour, comment vas-tu ? Je parlais justement avec ton ami au sujet de cette balade à vélo !

_ Bonjour Paul ! Moi qui voulais faire une surprise à Léandro, c'est raté ! répondit Adélina, la moue faussement boudeuse.

_ Oh, désolé, se défendit Paul, les mains en l'air mais souriant car il avait remarqué qu'Adélina n'était nullement fâchée. Je vous laisse, profitez bien !

C'est seulement à ce moment-là, alors que Paul refermait derrière lui la porte de la boutique, que Léandro s'approcha d'Adélina.

_ Bonjour, Adélina, murmura-t-il en déposant du bout des lèvres un baiser sur sa joue, posant son bras sur sa taille fine. Vous êtes magnifique.

_ Bonjour Léandro, merci, vous êtes pas mal vous aussi, dit-elle, le sourire aux lèvres.

Ils restèrent quelques secondes ainsi, à se dévorer des yeux et à se sourire bêtement, jusqu'à ce que Stella vienne les bousculer gentiment.

_ Stella, bonjour ma belle ! dit Adélina à une Stella qui était visiblement contente de la voir, sautant de joie et profitant des caresses de la jeune femme, sous un regard attendri de Léandro.

_ Je suis navré, je n'ai pu faire autrement que de la prendre avec moi, je ne voulais pas la laisser seule dans cette maison si aseptisée que je loue et qu'elle ne connait pas vraiment...

_ Aucun souci Léandro! Au contraire, elle va pouvoir gambader à nos côtés.

D'une humeur enjouée, ils prirent tous les trois le chemin de la balade qui était balisé, Stella ouvrant la marche, vive et heureuse de pouvoir se défouler dans la nature, et Adélina et Léandro pédalant côte à côte, papotant et souriant.

_ Alors comme ça, vous trouvez cette maison que vous louez aseptisée ? demanda Adélina.

_ Arf, ne m'en parlez pas ! Je déteste ce genre de maison. Blanche, vide, quelques rares meubles de grands designers... tout à fait ce que j'éviterais si je devais acheter un bien ! Vous aimez, vous ?

_ Non, absolument pas, cria presque Adélina. Je préfère les mas, les bergeries, les petites maisons provençales sans arrogance...

_ Oui, c'est exactement ça ! En plus dans le coin, il y a vraiment de belles propriétés.

_ Je travaille pour une dame, une personne que j'apprécie énormément. Et elle vit dans un domaine viticole, dont la maison d'habitation est un rêve éveillé ! Toute en pierre, entourée d'arbres... c'est comme si cette maison était sortie tout droit d'un songe.

_ Je vois tout à fait ce que vous voulez dire... à propos de votre travail et de rêves. Avez-vous des envies particulières professionnellement ?

_ Oh, euh... oui, enfin... si je ferme les yeux et que je m'imagine faire le travail de mes rêves, je suis derrière une caisse ancienne, entourée de bibliothèques remplies de livres, modernes ou anciens, et les clients entrent et sortent de ma boutique, le sourire aux lèvres, les bras chargés d'œuvres littéraires...

_ Vous êtes une conteuse ! Je ne peux que vous encourager à vous réaliser pleinement. Même si je sais que la vie est difficile et qu'il faut parfois prendre le boulot que l'on trouve pour pouvoir payer ses factures, il est important de suivre le chemin qui nous attire, et sans vouloir paraître maladroit, une femme comme vous a sûrement sa place ailleurs que là où vous êtes actuellement.

Face au silence d'Adélina, Léandro se sentit gêné.

_ Pardon, je ne voulais pas vous vexer, j'ai été maladroit, je sais que je suis un privilégié et j'ai parfois l'habitude d'oublier mes années de galère.

_ Non, non, pas du tout, au contraire, je réfléchissais juste aux possibilités que j'avais, vous ne m'avez pas vexée, n'ayez crainte. Et vous alors, le cinéma ? Quel est donc ce film sur lequel vous travaillez actuellement ?

_ Je ne peux malheureusement pas tout vous révéler, mais je peux vous avouer que ce sera mon dernier travail d'acteur.

_ Vraiment ? Quelle surprise ! Mais pourquoi ? Vous êtes tellement talentueux...

_ Disons que j'en ai assez d'être toujours dans l'apparence, toujours à être dans la lumière... aujourd'hui jouer un rôle ne m'intéresse plus... je recherche maintenant à jouer le plus beau rôle dans ma vie, celui d'époux, celui de père... si j'ai la chance de rencontrer la bonne personne... et j'envisage pour cela de passer derrière la caméra pour réaliser des films. D'ailleurs... je pourrais commencer par réaliser La Maudite !

Riant au souvenir du livre préféré d'Adélina, ils décidèrent de poser leurs vélos pour profiter à pied de la nature environnante.

_ C'est magnifique ici, dit-il, le regard perdu dans la contemplation du paysage. Pouvoir prendre le temps d'observer ce que la nature offre de plus majestueux, écouter les oiseaux, profiter d'être pleinement vivant...

_ Oui, vous avez tellement raison... je crois savoir que vous êtes très investi dans la cause environnementale et animale... c'est tout à votre honneur. Avoir évolué dans un monde relativement superficiel, fait de paillettes et d'apparences, mais reconnaître les valeurs fondamentales de notre vie terrestre... vous êtes quelqu'un de bien, Léandro.

Il la regarda intensément, de ses yeux bleus et perçants, ouvrit la bouche pour dire quelque chose, puis se ravisa, ce qui ébranla Adélina.

_ Pardon, je vous demande de m'excuser, mes paroles étaient maladroites. Qui suis-je pour juger votre monde professionnel, après tout, et, enfin... bref.

Elle se tut, après un petit rire nerveux, et s'accroupit pour se donner de la contenance en caressant Stella. Léandro s'approcha d'elles, puis s'accroupit à son tour, tout en la fixant du regard.

_ Je vais vous dire, je déteste le film que je tourne actuellement... je déteste la maison que mon équipe m'a louée... oh, et je déteste ma collègue de travail... mais pour rien au monde je ne regretterais d'avoir dit une dernière fois oui à un réalisateur, car tout ceci m'a offert la chance de croiser votre chemin et de vous rencontrer.

Elle cligna des yeux, touchée par cette révélation, lui renvoya un sourire sincère et baissa son regard par timidité. Léandro, lui, avait un petit sourire en coin qui aurait fait craquer n'importe quelle femme, et elle se retint de lui sauter au cou et de se lover dans ses bras tellement l'alchimie était forte entre eux. Mais elle n'était pas sûre des intentions de Léandro... cherchait-il simplement une amie en elle, ou se pouvait-il qu'il soit lui-même attiré par elle, au sens charnel ?

Ils se relevèrent, et repartirent pour retourner à

la Maison des Confitures, Stella ouvrant toujours la marche, et alors qu'ils approchaient de leurs vélos, Léandro s'empara de la main d'Adélina, délicatement, d'un frôlement de peau, et elle sentit instantanément de l'électricité dans tout son corps.

Elle le regarda avec surprise, Léandro fit d'abord mine de regarder ses pieds, puis releva doucement son visage en lui souriant timidement. Ce rendez-vous était un mélange de plaisir et de torture. Si seulement elle pouvait lire dans ses pensées ! Et en même temps, un homme qui ne cherche qu'une amie ne prend pas la main d'une femme, si ?

Sans échanger un mot, mais avec des sourires un peu idiots sur leurs visages, ils remontèrent en selle, et après une vingtaine de minutes, ils se garèrent sur le parking de la boutique.

Paul leur avait dressé une petite table de jardin, blanche en fer forgé, cachée au fond du petit jardin qui était accolé à la boutique. A l'ombre d'un arbre qui les protégeait du soleil chaud du milieu d'après-midi, ils prirent place sur les chaises assorties à la table.

Plusieurs pots de confiture étaient posés, ainsi que de belles tranches de pain, et une citronnade fraiche était servie dans leurs verres. Bien entendu, Paul avait gentiment répondu à la demande d'Adélina mais c'était bien elle qui avait organisé ce petit goûter.

_ Vous devez absolument goûter à chaque confiture, ce serait un scandale de manquer ça ! dit Adélina en souriant.

_ Ma foi… après tout, on a fait un peu d'exercice, on a bien droit à une récompense !

Leur gourmandise ne leur laissa pas vraiment l'opportunité de discuter, hormis quelques "mmmh" de délectation et des petits rires quand l'un ou l'autre donnait un morceau de tartine à Stella.

Ils se dirigèrent ensuite vers la plage de la Moune dans la voiture de Léandro, après avoir récupéré auprès de Paul un petit panier qu'Adélina avait préparé pour le pique-nique, avec Stella qui passait sa tête à l'avant entre eux deux.

Il était presque 18 heures, il y avait encore un peu de monde sur la plage, quelques groupes étaient dispersés ici et là sur le sable, mais Léandro avait ses lunettes de soleil, ainsi il pouvait passer incognito.

Un petit air marin faisait danser l'eau et donnait un peu de fraîcheur à l'ambiance chaude de cette fin de journée d'été.

Après s'être déchaussés l'un et l'autre, sentant avec plaisir le sable chaud sous leurs pieds, ils décidèrent ensemble, d'un simple coup d'œil, de la place où se poser. Léandro avait prévu une grande couverture légère qu'il disposa au sol, près des rochers de la plage, à l'abri du brouhaha ambiant

Adélina disposa son panier et en vida le contenu. Rien d'excentrique, elle avait simplement préparé, avec l'aide de Louise, des petits sandwichs aux tomates confites et à l'avocat, une petite salade estivale au riz et légumes, le tout accompagné d'une sauce style mayonnaise dont seule Louise avait le secret. Léandro, lui, sortit de son sac à dos des petites mignardises.

Ils s'assirent et commencèrent à manger, parlant de tout, de rien, se découvrant l'un et l'autre, partageant des anecdotes de vie, des souvenirs d'enfance, des rêves d'avenir.

Ils se découvrirent des points communs, des désirs similaires, et entre des sourires, Léandro se permit de caresser du bout d'un de ses doigts la main d'Adélina, et elle lui répondit en le regardant intensément et en lui envoyant un nouveau sourire.

C'est à cet instant qu'une femme se planta devant eux, vêtue d'un short court et moulant et d'une brassière taille XS qui laissait dévoiler un corps musclé et bronzé.

Adélina reconnut tout de suite Olivia, sous ses airs prétentieux et arrogants, et Léandro se sentit irrité instantanément.

_ Léandro! Que fais-tu ici ? dit-elle en jetant un regard froid et jaloux à Adélina.

_ Olivia... je profite de mon week-end, tout simplement, en charmante compagnie. On se voit demain pour travailler ? lui répondit Léandro, souhaitant mettre un terme rapide à cette conversation.

_ Bien, bien... je ne vais pas vous déranger plus longtemps. A lundi, Léandro, minauda-t-elle, sans même saluer Adélina.

Une fois repartie, Léandro lança un long soupir en cherchant du regard le réconfort auprès d'Adélina.

_ Quel enfer de travailler avec cette femme ! dit Léandro. Désolé pour ce contretemps... je n'aime pas du tout comme elle se comporte avec vous, elle est tellement irrespectueuse.

_ Ce n'est pas grave, vous n'y êtes pour rien... je crois surtout qu'elle en pince pour vous et qu'elle me voit comme une concurrente, non ?

_ Vous rigolez ! Elle n'en pince pas pour moi, c'est juste de l'orgueil mal placé, elle veut simplement m'ajouter à sa longue liste d'amants, et elle ne supporte pas que je ne m'intéresse pas à elle. Cette dernière collaboration ne fait que confirmer l'envie que j'ai de m'éloigner de ce monde.

C'est à ce moment-là que Stella gigota pour faire comprendre qu'elle voulait jouer.

Ils se levèrent ensemble et attrapèrent chacun un bout de bois qu'ils lancèrent tour à tour à une Stella qui se régalait dans les petites vagues, les éclaboussant et les bousculant gentiment.

Ce petit jeu avec Stella aidant, Adélina et Léandro finirent par se chahuter également, laissant leurs corps se rencontrer et se découvrir l'air de rien, riant sous les vagues qui venaient doucement les mouiller.

Satisfaite du résultat, Stella les laissa un petit instant profiter du moment, jusqu'à ce qu'ils se retrouvent collés l'un à l'autre, hésitant à franchir la barrière d'un possible baiser à échanger, mais ils ne firent que se fixer du regard, leurs doigts emmêlés, et Stella, impatiente, vint rompre ce moment un peu trop long à son goût en les ramenant à la réalité en aboyant gentiment.

_ Je crois qu'il est l'heure de rentrer, annonça Léandro, aidant Adélina à sortir de l'eau.

Il était presque 21 heures, Léandro proposa à Adélina de la raccompagner directement chez elle, puisqu'elle l'avait prévenu qu'elle récupèrerait son vélo le lendemain avant d'aller travailler.

Le trajet du retour fut rapide et silencieux, et lorsqu'ils arrivèrent au village, Adélina descendit de voiture, Léandro la suivant derrière jusqu'à la porte de son immeuble.

_ J'espère que l'on pourra se revoir ? demanda Léandro, toujours intimidé à l'idée d'un possible refus.

_ Ce serait avec plaisir, j'ai adoré cette journée.

_ Alors, dans ce cas-là, puis-je me permettre de vous demander de m'accompagner à un dîner professionnel mardi soir ? Je ne serai pas à la maison quand vous viendrez travailler mais je pourrai passer vous prendre chez vous vers 19 heures ?

_ Je ne vais pas vous cacher que cela m'intimide un peu, mais j'accepte avec joie !

Soulagé et ravi, il déposa un baiser sur sa joue, qui se voulait plus proche d'un baiser sur les lèvres, mais il y avait chez lui une forme de pudeur et de respect qui l'incitait à ne rien vouloir précipiter.

_ A mardi, alors, murmura-t-il à son oreille, provoquant instantanément chez elle des frissons dans tout le corps.

Adélina rentra chez elle, rêveuse à son prochain rendez-vous avec Léandro.

CHAPITRE 6

Le lundi matin, alors qu'Adélina émergeait d'un sommeil réparateur, Louise entra en trombe dans sa chambre et se jeta sur le lit.

_Ça y'est, il l'a fait, il l'a fait ! hurla-t-elle, brandissant sa main gauche.

_ De quoi tu parles ? demanda Adélina, ouvrant doucement ses yeux et s'asseyant dans son lit avec un sourire.

_ Mais regarde, là, à mon doigt ! trépigna Louise.

_ Je dois t'appeler Madame d'ici quand alors ? taquina Adélina.

_ Tu le fais déjà, idiote ! Mais cette bague officialise la date, on se marie le 28 août!

_ Félicitations, Louisette, je suis tellement heureuse pour toi ! Mais alors il va falloir se dépêcher, ça nous laisse tout juste deux mois pour tout préparer !

_ Jules a fait le tour du village, tout le monde va prêter main forte pour nous offrir le plus beau des mariages. On aimerait réaliser une cérémonie toute simple sur la place du village.

_ En tout cas, tu peux compter sur mon aide.

Elles se serrèrent affectueusement dans les bras, et Louise enchaina.

_ Et ta journée d'hier alors ? Raconte-moi tout ! Il t'a embrassée ?

_ La journée était parfaite, mais non... je n'ai pas eu droit à un baiser.

_ Pas encore tu veux dire ! Vous allez vous revoir ?

_ Oui, demain soir, il veut que je l'accompagne à un dîner professionnel. J'angoisse !

_ Ahhh, c'est bien ce que je disais, ce n'est pas encore arrivé mais ça va arriver ! C'est quand même super important comme étape, ça, je comprends que tu angoisses...

_ Mais arrête, ne me dis pas des trucs pareils ! Et comment je vais m'habiller, dis ?

_ Sobrement, évidemment. Je te prêterai un ensemble pantalon et chemisier noir que j'ai, je ne sais même plus pourquoi j'ai ça dans mon armoire d'ailleurs... enfin bref, tu vas tout déchirer !

_ Merci ! Heureusement que tu es là !

_ Une amie, ça sert à ça !

Elles se serrèrent à nouveau dans les bras en riant et finirent par se lever pour aller petit-déjeuner.

Après s'être rapidement préparée, Adélina sauta sur sa bicyclette pour rejoindre la maison de Madame Tousseau. Comme toujours, elle fut accueillie par les chants mélodieux des miaulements des petits félins du mas. En revanche, la petite dame n'était pas dans la cuisine, comme à son habitude à cette heure-ci, alors Adélina se permit de la chercher à travers les pièces, et finit par la trouver dans le salon, allongée sur le canapé, le teint pâle.

_ Madame Tousseau, que vous arrive-t-il ? cria Adélina en se jetant au chevet de la dame.

_ Ca va mon petit, ça va... juste un peu de fatigue. A mon âge, ça n'a rien d'étonnant, ce qui est plus surprenant, c'est que je sois toujours en vie ! répondit-elle en riant.

_ Ne riez pas de ça, vous savez qu'après je m'inquiète !

_ Ma douce Adélina... je ne veux pas t'inquiéter, mais je préfèrerais que tu ne te soucies pas de ça. Tu sais bien qu'un jour, et sûrement dans peu de temps, une amie viendra me prendre par le bras pour m'emmener en voyage... et crois-moi ma douce, ce sera le plus beau des voyages pour moi, tu t'en doutes. Alors ne crains rien, tout ira bien, ajouta Madame Tousseau en lui caressant doucement la joue pour la rassurer.

_ J'espère que vous ne m'oublierez pas et que vous viendrez me rendre visite de temps en temps, murmura Adélina, souriant à cette idée qui avait germé dans leurs têtes lors d'une conversation autour d'un thé chaud à la dernière Toussaint.

_ Ah, crois-moi, si j'en ai la possibilité, je peux t'assurer que je viendrai t'enquiquiner pour m'assurer que tout va bien pour toi! Allez, parlons plutôt d'amour ! Comment s'est passé ton rendez-vous ?

Et Adélina lui raconta en détail sa journée avec Léandro, après avoir été préparer des verres de citronnade à la cuisine et les avoir rapportés au salon pour permettre à Madame Tousseau de continuer à se reposer.

Son récit plein d'espoir et de promesses d'amour berça Madame Tousseau qui finit par s'endormir, alors Adélina en profita pour faire son travail, puis pour préparer le repas du déjeuner, et s'occupa de nourrir les chats après avoir joué avec eux pendant une dizaine de minutes.

Après ces 2 heures d'occupation, elle alla réveiller Madame Tousseau pour déjeuner, celle-ci étant déjà debout à l'arrivée d'Adélina dans le salon.

_ On passe à table ma belle ?

_ On passe à table ! Avez-vous besoin que je vienne plus souvent en ce moment si vous vous sentez fatiguée ?

_ Non, ne dis pas de bêtises, je m'en sors très bien, et puis j'ai mon amie qui est en vacances qui passe souvent me voir. Par contre, je tiens absolument à venir à ta fête d'anniversaire ce week-end, comme je l'ai toujours fait depuis qu'on se connait ! Mais cette année je t'avoue que j'ai délaissé la conduite et que je ne me sens plus vraiment capable de venir en voiture au village, est-ce que tu pourras venir me chercher ?

_Evidemment ! Je crois savoir que la fête aura lieu samedi soir, même si tout le monde tente de me cacher les choses, alors samedi, je viendrai vous chercher en fin d'après-midi.

Elles papotèrent encore un peu, Adélina fit la vaisselle après avoir accueilli et rencontré la fameuse amie en vacances, et quitta la maison en étant soulagée de savoir Madame Tousseau en parfaite compagnie.

La journée s'écoula paisiblement, et elle se termina dans la douceur, Adélina ayant reçu un texto de Léandro, toujours sobre mais éloquent, "Il me tarde de pouvoir vous revoir, même si vous ne quittez jamais mes pensées, je préfère encore plus être à vos côtés".

Le mardi soir, Adélina avait donc passé l'ensemble pantalon et chemisier noir en mousseline de Louise. Ça lui donnait un look distingué mais assez moderne et sexy. Elle releva ses cheveux en queue de cheval, et choisit des baskets de ville noires, impossible pour elle de porter des talons.

Quand Léandro sonna à la porte, Stella sur les talons, Louise ayant accepté de garder la chienne pour cette soirée qui risquait de s'éterniser quand Adélina le lui avait demandé, elle alla ouvrir, après avoir eu l'autorisation d'Adélina, et quand il lui serra la main, malgré l'amour inconditionnel qu'elle avait pour Jules, elle rit bêtement comme une adolescente devant son acteur préféré. Il faut dire qu'il en jetait, ce soir-là, dans son costume trois pièces bien taillé.

Il sourit devant l'émoustillement de Louise, mais fut lui-même charmé par l'élégance mêlée de simplicité d'Adélina.

_ J'espère que ma tenue est convenable pour ce genre de rendez-vous, dit-elle en guise de bonjour en déposant délicatement un baiser sur la joue de Léandro.

_ Vous êtes parfaite, vous n'auriez pas pu trouver mieux.

Sentant un regard curieux et insistant sur eux, elle

rajouta que c'était son amie Louise qui lui avait prêté l'ensemble.

_ Merci infiniment Louise, à charge de revanche, répondit Léandro en envoyant un clin d'œil à l'intéressée.

Après une dernière caresse à Stella, ils descendirent dans la rue et s'installèrent dans la voiture.

_ Alors, ce dîner ? En quoi vais-je bien pouvoir vous être utile ? demanda Adélina en plaisantant.

_ En étant là, tout simplement. Vous avoir à mes côtés me rend serein, répondit Léandro, un peu gêné.

_ Je suis flattée. Voilà une pression sur mes épaules, j'espère être à la hauteur ce soir !

_Vous le serez, sans aucun doute. Mais c'est un moment un peu particulier, il y aura les producteurs du film que je tourne actuellement, Olivia sera là elle aussi d'ailleurs, et je crains qu'elle n'ait pas apprécié que j'ai refusé sa compagnie pour le dîner ! Bref, ne nous préoccupons pas d'elle. Le fait est que les producteurs attendent depuis un moment ma réponse à leur proposition d'un nouveau film... et ce soir, je vais déclarer, pour la première fois, que j'arrête le cinéma.

_Je vois... ! Ça va être un tsunami, donc ?

_ Ca se pourrait, ajouta-t-il, en riant.

Le dîner avait lieu dans un grand restaurant à Cannes. Ils profitèrent donc du trajet pour en apprendre toujours plus l'un sur l'autre. De fil en aiguille, ils mirent en place le tutoiement, qui annonça subtilement un rapprochement entre eux.

Arrivés à destination, ils laissèrent la voiture à un voiturier, et ils entrèrent dans le restaurant, anxieux l'un comme l'autre, mais pas pour les mêmes raisons.

Olivia était déjà là, et quand elle aperçut Adélina au bras de Léandro, son regard s'obscurcit instantanément.

Le dîner se passa tant bien que mal, Adélina écoutant et observant simplement, car après avoir été présentée aux producteurs par Léandro, ceux-ci ne s'intéressèrent guère à elle, malgré les efforts de Léandro, et Olivia se montra arrogante et acerbe à son égard.

Quand Léandro annonça sa décision à l'équipe, la réaction ne fut pas des plus ouvertes et compréhensives... Léandro chercha du regard le soutien d'Adélina, elle lui répondit en lui touchant la main sous la table, main qu'il serra affectueusement.

Ce moment des moins agréables se termina par une incompréhension unanime, mais Léandro s'en fichait finalement, il n'avait plus que quatre petits jours de tournage à honorer et il serait enfin débarrassé de toute cette histoire.

Quand il récupéra sa voiture, il ouvrit la portière à Adélina, puis s'installa au volant en soufflant.

_ Bon sang ! Je ne sais pas comment j'ai fait pour tenir autant de temps dans ce milieu... J'espère que ça n'a pas été trop désagréable pour toi ?

_ Ma foi, j'ai connu mieux, mais j'ai aussi connu pire !

dit-elle en rigolant, pour adoucir l'atmosphère.

_ Merci d'être si compréhensive, glissa-t-il doucement en se penchant vers elle pour déposer un baiser sur sa joue.

Elle espérait un baiser sur ses lèvres, mais quand il proposa une petite promenade à pied sur la Croisette, elle se promit de faire le premier pas, car cette alchimie entre eux commençait à être un peu trop électrique pour continuer à entretenir cette tension insoutenable.

Ils achetèrent des churros à un petit vendeur ambulant et marchèrent un peu sur la Croisette avant de décider d'aller directement au bord de l'eau.

Malgré la période estivale, la soirée était un peu fraîche, Adélina frissonna quand un petit courant d'air vînt lui caresser les bras. Léandro s'en aperçut et passa aussitôt la veste de son costume sur les épaules d'Adélina. Il prit tout son temps, en profita pour lui caresser la peau tout en la regardant intensément dans les yeux. Le moment était suspendu, Adélina commença à respirer difficilement, sentant une certaine pression dans son cœur qui peinait à battre normalement. Des gens marchaient un peu plus loin et discutaient, mais c'était un brouhaha à leurs oreilles qui sonnait comme une petite mélodie.

Pourtant, sous le regard insistant de certains passants, Léandro recula pour se défaire de cette attraction qu'il ressentait fortement lui aussi.

Adélina fut déçue. De ne pas recevoir ce baiser qui la faisait tant rêver. Mais surtout de prendre conscience que Léandro se préoccupait du regard des autres, de ses "fans", ne sachant si c'était à cause des commérages qui pourraient en découler, ou si c'était à cause d'elle et de la personne insignifiante qu'elle représentait à ses yeux, ou en tout cas au reste de ce monde superficiel qu'elle ne comprenait pas.

_ Il vaut mieux rentrer, je crains que notre tranquilité ne soit bafouée dans quelques minutes si on reste là sous les yeux de tous ces gens, prévint-il en souriant.

Adélina sourit par politesse, mais le coeur n'y était pas.

Sans même échanger un mot, ils retournèrent à la voiture. Il commençait à se faire tard, aussi Adélina finit par s'assoupir pendant le trajet, après avoir posé amoureusement sa tête contre l'épaule de Léandro. Il la regarda tendrement, rapidement pour ne pas quitter trop longtemps la route des yeux, mais suffisamment longtemps pour prendre conscience de l'amour qui naissait en lui pour la jeune femme, la voyant si sereine et apaisée à ses côtés.

Elle se réveilla quelques minutes avant qu'il ne la dépose chez elle. Un peu gênée de s'être endormie mais étonnamment à l'aise en présence de cet homme pour qui elle sentait naître des sentiments profonds, elle lui proposa de venir manger chez elle jeudi soir, en compagnie de Louise, il accepta, évoquant la fin de son tournage dans l'après-midi de ce jeudi en question. Il serait enfin libéré, et quelle meilleure idée que de passer la soirée en compagnie d'Adélina.

_ Laisse-moi te raccompagner à la porte de ton immeuble, murmura-t-il.

_ Ce n'est pas nécessaire, on est à deux pas.

_ Si, j'insiste.

Ils marchèrent sur le chemin qui menait à l'appartement, leurs pas résonnant dans le silence de la nuit.

_ On est arrivés, chuchota Adélina, ne sachant comment se comporter. Devait-elle provoquer un baiser, ou mieux valait-il rester sur cette sensation de malaise mais en respectant le choix de Léandro?

Elle n'eut pas à se poser longtemps la question.

Il s'approcha d'elle, glissa une de ses mains le long du dos d'Adélina pour la poser sur ses reins et l'attirer à lui, pendant que son autre main remontait dans son cou pour approcher son visage du sien. Après un dernier regard mêlé d'excitation, de respect, de questionnement, il posa enfin ses lèvres sur celles d'Adélina. "Enfin!", se dit-elle dans sa tête. Le baiser se fit d'abord doux comme une caresse, puis Léandro l'intensifia en pressant davantage son corps contre celui d'Adélina, et en se montrant plus gourmand en partant à la découverte de sa bouche. Elle n'arrivait pas à prendre conscience que Léandro di Oltéo, la star de cinéma, était en train de l'embrasser. Et en même temps, elle s'en fichait. Elle n'avait conscience que de la chance de pouvoir être embrassée par l'homme pour qui naissaient en elle un désir et des sentiments évidents.

Quand Léandro mit fin à ce long et langoureux baiser, il se recula un peu, regarda à nouveau Adélina profondément, comme pour considérer la conséquence de son acte, et fut rapidement soulagé quand il aperçut une expression de délactation mêlée à de la sérénité sur le visage d'Adélina.

Après l'avoir raccompagné à son appartement et avoir récupéré Stella, il proposa d'apporter le repas jeudi soir pour remercier Louise d'avoir gardé sa fidèle amie. Louise approuva en souriant toujours aussi bêtement, puis, Léandro parti après un dernier baiser discret à Adélina, elle assaillit sa meilleure amie de questions pour tout savoir de la soirée.

CHAPITRE 7

_ Mais enfin, Monsieur Alberi, je vous assure qu'elle ment, je n'ai jamais fait ça ! Cela fait plus de deux ans que je travaille pour vous, vous me connaissez ! Vous me mettez dans un pétrin que vous n'imaginez pas!

_ Je suis désolé Adélina, je ne peux pas faire autrement. Nous devons tenir notre réputation, et avec cette Olivia qui prétend ce qu'elle prétend, je dois agir en conséquence.

Adélina s'était isolée dans sa chambre lorsque son téléphone avait sonné. Profitant d'un moment agréable en compagnie de Léandro, qui avait apporté des hamburgers et des frites aussi bons que gras, les meilleurs qu'elle ait jamais goutés, et Louise, tout en simplicité, il avait fallu que son patron l'appelle et rompe le charme en quelques mots.

Elle était virée ! Aussi simplement que rapidement, virée, sans même pouvoir se défendre. La fameuse Olivia avait appelé son patron pour l'informer de la gravité de la situation, à savoir, une de leurs employées, Adélina donc, lui avait manqué de respect, pendant son travail ! Selon cette Olivia, Adélina aurait été surprise en train de regarder la télévision, affalée dans le canapé, aux heures pendant lesquelles elle devait normalement nettoyer la maison, s'en était suivie une dispute verbale lorsqu'Olivia avait voulu faire entendre raison à Adélina, et celle-ci, ne supportant pas l'autorité qui s'abattait sur elle, lui aurait mis une gifle et se serait enfuie, sans un mot et sans une excuse.

Une histoire abracadabrante puisque d'une, Adélina ne s'était jamais retrouvée seule en présence d'Olivia, de deux, elle ne faisait pas le ménage chez elle, mais chez Léandro, de trois, ce n'était pas du tout son genre de manquer de respect aux gens, autant verbalement et encore moins physiquement. Mais son patron ne pouvait faire autrement, répondant simplement au chantage de cette Olivia : s'il ne virait pas Adélina, le tout Saint-Tropez et même au-delà serait au courant qu'une employée de ce genre travaillait dans cette entreprise.

Abasourdie, désolée, perdue, Adélina raccrocha, et attendit quelques minutes avant de se décider à rejoindre Louise et Léandro. Elle n'avait plus de travail et ne savait absolument pas ce qu'elle pourrait faire dans l'immédiat pour gagner sa vie, et l'angoisse monta en elle au point qu'elle dût faire un exercice de respiration pour ne pas perdre pied.

Ne rien dire ce soir, ni à Louise, ni à Léandro! D'abord pour ne pas plomber l'ambiance, ensuite pour ne pas inquiéter Louise pour le loyer, et enfin pour ne pas culpabiliser Léandro, qui allait inévitablement se sentir coupable de la situation.

Elle alla finalement les rejoindre, prétextant un appel de Nonna, parvenant tant bien que mal à cacher le malaise qu'elle ressentait, et réussit malgré tout à savourer avec plaisir le dessert que Louise avait cuisiné, un tiramisu que même les Italiens lui auraient envié, Léandro le confirmant !

Après le repas, Adélina et Léandro se retrouvèrent tous les deux seuls, Louise leur ayant laissé un peu d'intimité en allant se coucher.

Ils décidèrent de regarder un film et pour le fun, Adélina en choisit un dans lequel jouait Léandro et qu'elle n'avait encore jamais vu. Heureusement, il avait beaucoup d'humour et d'auto-dérision, et même si se regarder sur un grand écran ne lui plaisait pas spécialement, il passa un moment agréable, l'essentiel pour lui était d'être aux côtés d'Adélina, et les caresses et les baisers qu'ils échangèrent pendant ce moment valaient tous les désagréments causés par le film !

Il était près de minuit quand Léandro décida de rentrer chez lui. Sur le palier, en caressant tendrement le visage d'Adélina après l'avoir embrassée, il lui demanda si tout allait bien, l'ayant sentie parfois préoccupée. Elle fut tellement émue qu'il s'en soit rendu compte qu'elle faillit lui dire toute la vérité, mais elle ne voulait pas qu'il prenne la route en étant énervé à cause d'Olivia et de toute cette histoire, alors elle prétendit un petit mal de tête, et même si Léandro ne semblait pas complètement satisfait de cette réponse, il n'insista pas, préférant qu'elle lui parle d'elle-même quand elle serait prête.

Adélina cogita une bonne partie de la nuit. Elle tourna, réfléchit, angoissa, réfléchit encore... Finalement, n'était-ce pas un mal pour un bien ? Ne fallait-il pas ce coup de pied aux fesses de la part de l'univers pour qu'elle se décide enfin à faire ce qu'elle aimait vraiment dans la vie, comme travailler dans les livres ? Après tout, elle n'avait jamais eu le courage d'entreprendre quoi que ce soit professionnellement, et elle se dit qu'elle devait tirer le positif de cette situation. En attendant, elle se rassura en se disant qu'elle toucherait le chômage, et qu'elle pouvait compter sur Nonna pour faire des heures au salon de coiffure pour gagner un peu plus d'argent, et qui sait, économiser pour créer son entreprise.

La fatigue finit par gagner et elle s'endormit en étant quelque peu apaisée, et même si la nuit fut courte, elle se réveilla avec un regain d'énergie, d'optimisme et d'espoir.

Aujourd'hui, elle irait voir Nonna pour lui raconter tout ça, et descendrait sur Saint-Tropez pour aller récupérer à l'agence son solde de tout compte et tous les papiers pour pouvoir s'inscrire au Pôle Emploi.

Elle retrouva Louise dans la cuisine pour petit-déjeuner, et finit par tout lui raconter. Elle aussi avait senti que quelque chose clochait hier soir, mais elle n'avait pas voulu fourrer son nez là où il ne fallait pas alors que la soirée était si agréable. En parfaite amie qu'elle était, elle la rassura et lui assura qu'elle serait là pour l'aider, l'épauler si besoin, et qu'elles trouveraient ensemble une solution pour les questions d'ordre financier s'il le fallait.

Soulagée sur ce point-là, Adélina partit rejoindre Nonna au salon de coiffure. Elle était un peu plus anxieuse d'annoncer la nouvelle à sa grand-mère, non pas pour avoir été virée, mais pour la raison pour laquelle elle l'avait été. Heureusement que Nonna ne savait pas où vivait Olivia, sinon elle aurait pu aller lui faire la peau. En revanche, Adélina appréhendait la soirée du lendemain pour son anniversaire, car bien que Léandro n'y soit pour rien dans cette affaire, elle craignait que Nonna ne mâche pas ses mots envers lui et qu'elle lui fasse porter le chapeau. Il risquait de prendre cher. Ceci dit, elle ne pouvait pas mentir à Nonna à ce sujet.

Après avoir salué Julie, l'employée de Nonna, elle trouva sa grand-mère occupée dans l'arrière-boutique à préparer une coloration pour une cliente. Rien de bien nouveau là-dedans, si ce n'est qu'il ne s'agissait pas d'un blond pour une fois, mais, étonnamment, d'un marron glacé.

_ Nonna, tu fais des infidélités au blond ? s'étonna Adélina en l'embrassant.

_ *Mia cara* ! Comment vas-tu ? Non, moi vivante, jamais ! Mais il y a une espèce de *vaccona – grande vache -* qui a ouvert un salon sur Saint-Tropez, et figure-toi qu'elle est spécialisée en coloration ! Et pas des simples blonds ou bruns, nooooon, elle te fait des trucs ! Julie m'a montré son travail sur le netgram, si je veux avoir encore des clientes, je n'ai pas le choix que de répondre aux demandes les plus folles, même aux femmes qui veulent des cheveux bruns.

_ C'est Instagram, Nonna, pas Netgram, mais tu as bien raison de te diversifier. A ce propos... je pourrais peut-être te donner un coup de main ?

_ *Angelo mio, - mon ange -* tu seras toujours la bienvenue au salon, mais tu auras assez de temps ? Tu as besoin d'argent, dis ?

_ Nonna, il s'est passé quelque chose... promets-moi de ne pas t'énerver d'abord, et je te dis tout.

_ *Figurati* ! - *Ne t'inquiète pas* - Ce n'est pas mon genre, enfin ! Dis-moi tout !

_ Alors voilà... j'ai été virée. A cause d'une femme jalouse de ma relation avec Léandro, elle a inventé une histoire sans queue ni tête et a fait du chantage à mon patron, soit il me virait, soit elle racontait partout que cette entreprise était très très mauvaise... bref, tu vois le topo.

_ *Porca puttana troia ! - nom d'une pute de salope -* Mais je vais aller te le voir ton patron, moi, pour lui expliquer deux trois choses !

_ Ah oui, effectivement, il y avait cette option aussi, j'avais oublié les éventuelles menaces envers mon patron, se dit à elle-même Adélina en parlant très doucement, pendant que Nonna s'égosillait toute seule en préparant sa mixture et en ajoutant davantage de grossièretés en italien. Adélina plaignait sa future cliente.

_ Pauvre Léandro, il doit s'en vouloir ce pauvre *tesoro - trésor -*.

_ Et bien... je n'ai pas encore eu le courage de lui dire. Comme tu le dis, il risque de s'en vouloir, et il vient juste de terminer le tournage de ce film qui a été un enfer, je voulais attendre un peu pour calmer les choses.

_ Oui mais ne tarde pas pour lui en parler... il ne faut jamais cacher les choses, surtout au début d'une histoire, ça peut avoir de graves conséquences. En tout cas, si tu veux venir faire quelques heures au salon, ça me va, on s'organisera un planning dimanche si tu es d'accord. Là j'ai une brune à peinturlurer.

_ Nonna! Ok ça me va, là je descends à Saint-Tropez récupérer mes papiers et ma paie, je peux t'emprunter la Fiat ?

_ Tu fais bien attention, *mia cara*! Et, oh, attends. Laisse-moi chercher mon bulletin de Loto, je n'ai pas eu le temps d'aller le jouer, tu peux me le faire pour moi ? Tu joues bien ces numéros hein, tu donnes ce papier, et ils vont te rendre le bulletin joué officiel, et tiens, les sous.

_ Nonna, ce n'est pas marqué Loto mais Euromillions sur ton papier, là !

_ Ah, oui, au temps pour moi, je me trompe toujours de nom. Bref, c'est pour le tirage de ce soir.

_ A l'Euromillions donc.

_ Oui ! Ouste maintenant, tu m'empêches de travailler. Et ramène-moi la voiture intacte hein ! Et joue-moi les numéros gagnants tant que tu y es !

Adélina sortit en riant après avoir déposé une bise sur la joue de sa grand-mère, s'abstenant de lui préciser que ce n'était pas elle qui avait choisi les numéros, mais bel et bien sa grand-mère, aussi, il n'était pas de son ressort de jouer les numéros gagnants. Ne pas énerver la bête, se dit-elle !

Conduire la Fiat de sa grand-mère, c'était comme conduire la Reine d'Angleterre dans sa voiture de luxe, mieux valait gérer ça sérieusement, proprement et dignement.

Malgré la petite taille de la voiture, elle préféra éviter le créneau et se gara sur le parking du centre commercial, elle pouvait ainsi aller à pied pour voir son patron, ou plutôt, ex-patron, et ensuite elle irait jouer le jeu de Nonna dans la galerie marchande du centre commercial.

Le rendez-vous avec monsieur Albéri se voulut courtois mais froid. Adélina avait hâte de quitter cet endroit et ne plus avoir à faire avec ce patron. Même si elle comprenait qu'il ait eu besoin de sauver son entreprise, il aurait pu réfléchir à une solution moins définitive pour elle. Mais encore une fois, elle se dit qu'il fallait voir le verre à moitié plein plutôt qu'à moitié vide.

Elle retourna à la voiture pour déposer ses papiers, puis se dirigea vers le centre commercial. Elle vit une énorme pancarte sur la devanture du tabac presse, qu'il était impossible de la louper. Grand jackpot ce soir de 100 millions d'euros à l'Euromillions. Considérable tout de même ! Elle joua scrupuleusement la grille de Nonna, entreprit de partir, puis une petite idée germa dans sa tête, comme une petite voix qui lui conseillait de jouer, elle aussi, une grille. Elle vérifia si elle avait la monnaie nécessaire dans son portefeuille. Hors de question de retirer de l'argent pour ça, mais si elle avait pile la monnaie pour jouer une ligne, elle le prendrait comme un signe. Et effectivement, il lui restait bien 2,50 euros, les petites pièces qui lui servaient d'habitude, le vendredi, à s'acheter des chouquettes. Tant pis pour la gourmandise, après tout aujourd'hui elle ne travaillait plus, la récompense n'était donc pas de mise. Elle demanda donc un flash et paya.

Quand elle s'installa dans la voiture, elle remarqua qu'elle avait reçu un texto. Elle vérifia le message et prit connaissance d'un petit mot de Léandro, aussi un sourire se dessina sur son visage. "Un petit tour en ville ? Je suis à 11 heures de toi ��" Bien que contente d'avoir reçu un petit message de lui, elle ne comprenait pas vraiment le sens du texte. Elle releva le visage pour tenter de trouver une explication, et le vit pas très loin d'elle, en face mais un peu sur la gauche, souriant et toujours aussi séduisant. Et elle comprit le 11 heures ! Elle alla le rejoindre, trottinant presque d'impatience, et il l'accueillit dans ses bras.

_ Que fais-tu en ville jolie demoiselle ?

_ Des papiers à régler... à ce propos, ça te dit qu'on aille boire un café en terrasse ?

_ Passer un moment en ta compagnie ? La question ne se pose même pas !

_ Et toi beau blond, tu faisais quoi ? Des emplettes ?

_ Effectivement, j'avais une course de la plus grande importance à faire, mais je dois garder ça secret jusqu'à demain soir !

Ils rirent, s'embrassèrent, puis Adélina prit son courage à deux mains pour lui expliquer sa situation professionnelle. Elle vit une ombre passer dans les yeux de Léandro, et craint qu'il ne s'énerve vraiment, mais avant même qu'il ne réagisse trop vivement, elle développa ses pensées, l'opportunité qui se présentait à elle, le projet qu'elle aimerait mettre en place, et elle parvient à le calmer rapidement.

_ Donc tu es sûre que tu ne veux pas que j'aille faire un scandale, ni auprès de ton ex-patron, ni auprès de cette fichue Olivia ?

_ Absolument sûre ! D'ailleurs si tu peux éviter d'avoir à la recroiser celle-là, ce n'est pas plus mal !

Ils papotèrent pendant une petite heure puis elle se décida à le quitter, souhaitant passer voir Madame Tousseau avant de rentrer au village pour l'informer de la situation.

Quand elle arriva chez la vieille dame, elle la découvrit allongée au soleil sur un transat, le teint encore bien pâle, les bras croisés sur sa poitrine, et un frisson lui parcourut le corps de peur qu'elle ne se soit endormie pour toujours. Elle se pencha suffisamment près de son visage pour s'apercevoir que, heureusement, elle respirait, et c'est à cet instant que Madame Tousseau ouvrit un œil, l'air mutin.

_ N'aies crainte, ma petite, ce n'est pas aujourd'hui que je passerai l'arme à gauche, j'ai une fête demain soir et je ne partirai pas avant d'avoir profité de ce moment !

_ Oh, Madame Tousseau! Vous m'avez fait une peur bleue ! Vous avez encore eu un vertige ?

_ C'est ce petit chaton, il était coincé dans l'arbre, en voulant le récupérer, j'ai dû faire un mouvement un peu trop rapide et j'ai simplement eu une baisse de tension, ça arrive ma belle... même aux plus jeunes comme toi.

_ Ce n'est pas raisonnable de continuer à vivre de cette manière... 90 ans, seule dans une grande maison, avec cette meute de petits félins adorables à s'occuper....

_ Oui, oui, oui... la coupa Madame Tousseau. J'en ai bien conscience et je réfléchis à des possibilités... Tu sais, mon amie qui était en vacances la semaine dernière. Elle vit dans un complexe pour senior, c'est le grand luxe ! Un joli petit appartement, des soins sur place du genre massage et esthétique, des activités tous les jours... Ça pourrait bien être une option pour moi...

_ Mais c'est loin d'ici ? Et vos chats ?

_ Ce n'est qu'à une heure de route en voiture, et j'ai dit que pour l'instant j'y réfléchissais ma petite, répondit-elle en riant. Mais dis-moi, que me vaut ta visite un vendredi matin ?

_ Je suis venue vous prévenir de la nouvelle... mon patron m'a licenciée.

Elle lui expliqua toute l'histoire, ce à quoi Madame Tousseau réagit vivement, mais heureusement moins violemment et vulgairement que Nonna.

_ Voilà là encore un point qui ne fait que me confirmer que je dois prendre une décision, murmura Madame Tousseau comme pour se parler à elle-même.

_ Je pensais venir vous voir malgré tout, et ce même plus souvent, mais effectivement, si vous n'êtes plus là....

_ Oh, petite ! Ne sois pas si mélancolique ! S'attacher à une vieille peau comme moi ! Tu as mieux à faire !

Elles rirent et se serrèrent dans les bras. Adélina en profita pour lui préparer un repas rapide qu'elles dégustèrent finalement ensemble, après tout, elle avait du temps aujourd'hui.

Elle quitta le mas, laissant Madame Tousseau profiter d'une sieste.

CHAPITRE 8

Le samedi après-midi, Adélina attendit que Léandro vienne la retrouver chez elle pour aller chercher Madame Tousseau. Elle avait choisi de s'habiller sobrement, tout en restant féminine, son choix s'était porté sur une petite robe noire forme trapèze avec des petites baskets blanches, et elle avait attaché ses cheveux en une queue de cheval en les nouant avec un nœud blanc pour rappeler la couleur de ses baskets. Elle avait fait aussi quelques petites folies en passant des dessous blancs à dentelle, au cas où, juste au cas où les choses évolueraient avec Léandro pendant cette nuit d'anniversaire.

Malgré la saison qui commençait, la pizzeria de Toni avait été privatisée pour organiser la petite fête d'anniversaire d'Adélina, Louise étant déjà sur place avec Jules pour finir de préparer la salle, avec l'aide de Nonna et Nonno.

Quand Léandro arriva à l'appartement, il avait deux petits paquets dans les bras, ainsi qu'une boîte qu'on devinait de pâtisseries. Il les posa sur la table pour pouvoir avoir les bras libres, puis enlaça Adélina pour la serrer tendrement pendant qu'il l'embrassait.

_ *Buon compleanno, la più bella, - joyeux anniversaire la plus belle* - lui murmura-t-il à l'oreille, provoquant chez elle des frissons dans tout le corps.

Stella attendait sagement dans la voiture le retour de son humain, mais quand il ouvrit la portière elle se jeta dans les bras d'Adélina, qui fut heureuse de recevoir ce câlin, bien qu'un peu trop baveux !

Quand ils arrivèrent chez Madame Tousseau, Léandro fut ébloui par la propriété. C'était, certes, un bien qui devait coûter beaucoup d'argent, mais pour autant, cela restait humble et délicat, absolument pas dans le "m'as-tu vu".

_ Bon sang, voilà une bien belle maison ! J'aurais adoré pouvoir me l'offrir si elle avait été à vendre, dit-il, les yeux pleins d'étoiles.

_ Vraiment ? Tu cherches un bien à acheter dans le coin ? demanda Adélina, mutine.

_ Ca se pourrait bien... je crois que j'ai bien envie de rester ici pour un bon bout de temps, si ce n'est de m'installer... à voir si ma présence ne dérange pas une jeune femme que j'ai rencontrée récemment...

_ Idiot ! dit-elle en riant et en lui donnant une petite tape sur l'épaule. Evidemment que j'adorerais que tu restes ici ! On n'en a pas encore parlé mais effectivement, ce point me perturbait un peu et je n'osais pas l'aborder avec toi... me voilà rassurée !

Ils s'embrassèrent rapidement puis quittèrent la voiture pour rentrer dans la maison, laissant Stella s'amuser gentiment à l'extérieur avec les chats.

Madame Tousseau les avait entendus arriver, elle était déjà prête dans le hall d'entrée et mettait son sac sur l'épaule quand elle vit Léandro. Elle battit des cils comme une jeune vierge et minauda.

_ Oh là là, mais regardez qui j'ai l'honneur de recevoir dans mon humble demeure ! dit-elle de son accent chantant. Mais c'est que vous êtes sacrément mignon, jeune homme, encore plus beau que dans les publicités !

_ Madame Tousseau, gronda gentiment Adélina! Léandro est acteur !

_ Vous êtes bien amusante Madame Tousseau! Ça fait du bien de rencontrer quelqu'un qui ne cherche pas à me lécher les pompes ! renchérit Léandro en rigolant. En tout cas, votre maison est magnifique.

_ C'est gentil mon petit, même si à mon âge, cette maison devient inadaptée j'avoue. Bien, les enfants, je rentrerai un peu tard mais je ne vous abandonne pas, à tout à l'heure ! ajouta-t-elle à ses chats.

Léandro siffla pour que Stella grimpe à l'arrière de la voiture, après avoir aidé Madame Tousseau à s'installer à la place passager à l'avant. Adélina prit place à l'arrière, près de Stella, et eut droit à de nouveaux baisers d'anniversaire.

Quand ils arrivèrent au restaurant, ce fut l'effervescence d'embrassades pour Adélina, bien que finalement, depuis le matin, elle ait déjà vu tout ce petit monde et entendu déjà plusieurs fois "joyeux anniversaire".

Puis le sujet fut vite remplacé par un autre, tout autant important, sinon plus, que Nonna et Nonno commentaient à cœur joie.

_ Tu te rends compte ! S'il n'est pas cocu celui-là ! lança Nonno, utilisant le tutoiement mais parlant à toute l'assemblée.

_ Dio mio! s'exclama Nonna! Imagine que je la coiffe au salon ! Bah, autant qu'elle vienne ici plutôt qu'ailleurs, tu me diras, ajouta-t-elle, songeuse.

_ Mais enfin, de quoi vous parler, tous les deux ? demanda Adélina.

_ Mi ! Un habitant de Gassin a gagné l'Euromillions d'hier soir ! Mais pour l'instant il ne s'est pas fait connaitre, renseigna Nonno.

_Et seulement 2,50€ pour moi, mia cara! Si ce n'est pas injuste. Je pourrais t'en vouloir, je t'avais pourtant demandé de me jouer les numéros gagnants, ajouta Nonna, l'air faussement boudeur.

_ Oh, Honoria, au cas où tu n'aurais pas saisi le principe de ce jeu depuis le temps, ce n'est pas Adélina qui a choisi tes numéros, elle n'a fait que valider ta grille ! Je le sais puisque tu refuses toujours de changer de numéros, même pour jouer avec moi ! cria presque Nonno, gentiment agacé.

_ Lina, tu vas bien ? intervint Jules, jouant déjà au docteur, remarquant qu'Adélina était songeuse et un peu blême.

_ J'ai joué une ligne hier... un flash. Je ne l'ai pas encore vérifié.

_ *Facce de con* ! cria à nouveau Nonno, petit mot de stupéfaction de son langage corse. Tu te souviens des numéros ? Parce que moi je peux regarder sur mon téléphone pour te donner la combinaison gagnante ! s'avança-t-il.

_ J'ai le ticket dans mon sac. Mais enfin, ne nous emballons pas, Nonno, histoire que tu ne sois pas déçu, dit Adélina en souriant, sachant comme son grand-père pouvait prendre les choses autant à cœur que sa grand-mère.

Les jambes un peu flageolantes, elle s'assit à une table, tout le petit monde la rejoignant, l'un croisant les doigts, l'autre retenant son souffle, Léandro lui caressant doucement le bas des reins comme pour la soutenir et la rassurer.

_ Allez, envoie les numéros, Illarione! s'exclama Toni.

_ Oh, mais comment ça marche, ce truc, bordel ! Y'a pas d'internet ou quoi ? vociféra Nonno, ne sachant absolument pas se servir d'un téléphone portable pour consulter le web.

_ *In bocca al lupo – bonne chance* - pour les avoir ces numéros ! Depuis quand tu sais aller sur l'internet toi ! se moqua Nonna.

_ Je peux les énumérer, moi, intervint Louise qui avait discrètement sorti son téléphone.

_ Vas-y, demanda Adélina, le ticket entre ses mains tremblantes.

_ Il y a d'abord ton jour de naissance, ainsi que le mien, puis le 33, le 36, le 45.

_ Et les étoiles ? demanda Léandro, qui regardait tout

ça derrière l'épaule d'Adélina, les yeux grands ouverts sur le ticket, tenant fermement le bras d'Adélina qui ne bougeait pas.

_ *Ma cosa, - mais quoi -* les étoiles ? Est-ce que tu as déjà au moins ces numéros ? beugla Nonna.

_ Si je les avais, j'aurais gagné combien déjà, là, sans les étoiles ?

_ Presque 150 000€, répondit Louise après une rapide recherche, sous tension.

_ Une honte, si peu ! murmura Nonna, toujours en colère pour quelque chose.

_ Donne-moi les étoiles, maintenant, lança Adélina à sa meilleure amie.

_ Les numéros 7 et 11.

_ Oh putain ! dirent ensemble Adélina et Léandro.

Ce n'était pas un cri, ni une exclamation, mais un murmure teinté de stupéfaction.

_ Quoi, oh putain ?! Dio mio, ils vont me tuer ! s'exclama Nonna.

_ Je crois que… murmura Adélina, lançant un regard à Léandro, puis à Louise, pour terminer par Nonna et Nonno. Je crois que j'ai gagné. Je crois que je suis la gagnante mystérieuse de Gassin.

_ Montre voir ! demanda Louise.

Le ticket fit le tour de tout le monde, accompagné du téléphone de Louise pour comparer les numéros. Tous étaient unanimes, les numéros étaient bien identiques.

Seule Madame Tousseau semblait bien loin de toute cette agitation, sirotant tranquillement le verre que lui avait servi Léandro à leur arrivée, un cocktail sans alcool.

_ Bien, bien, bien, ma petite, je suis bien contente pour toi, même si tu verras vite que l'argent ne fait pas le bonheur si tu es seule pour en profiter. Mais je te sais bien entourée donc je suis bien heureuse pour toi. Pour un cadeau d'anniversaire, on peut dire que c'est un beau cadeau d'anniversaire, dit-elle de sa voix chantante, sur un ton de sagesse.

Ils discutèrent tous ensemble de la marche à suivre pour qu'Adélina puisse récupérer son argent, et il fut vite décidé que toute la petite troupe l'accompagnerait à Paris, pour un petit week-end de découverte de la capitale, Adélina ne connaissant pas grand-chose en dehors de son sud natal.

Bien qu'il fût difficile pour Adélina de penser à autre chose, l'ambiance de la soirée lui permit de profiter pleinement de la petite fête, entourée de ses proches et des anciens du village, mangeant une gigantesque pizza préparée par Toni, un délicieux gâteau inspiré des dernières tendances américaines, confectionné par Louise, dansant sur des musiques d'hier pour les plus anciens, d'aujourd'hui pour les plus jeunes, et Adélina reçut tout un tas de cadeaux que certains avaient presque honte d'offrir, sachant maintenant qu'elle avait gagné le gros lot à l'Euromillions, pensant bêtement que ces petits présents ne signifiaient pas grand-chose en comparaison, alors que c'était tout le contraire pour Adélina, et espérant ne jamais tomber dans l'extravagance du superficiel, et rester proche de sa simplicité près des siens.

Avant la fin de la soirée, elle reçut un appel vidéo de sa mère, elle était resplendissante, le soleil du début d'été ayant joliment doré sa peau. Adélina lui présenta Léandro, et Simona resta sans voix en apprenant que sa fille fréquentait un acteur mondialement connu. Puis elle lui annonça qu'ils viendraient passer un week-end à Paris, évoquant un cadeau d'anniversaire commun de la part de ses proches, plutôt que de lui avouer comme ça, de but en blanc, en appel vidéo, qu'elle détenait 100 millions d'euros depuis seulement deux heures.

Puis vint le moment de se séparer, Nonna et Nonno et les plus anciens partant les premiers, Louise et Jules restant avec Toni pour ranger la pizzeria.

Adélina et Léandro, accompagnés de Stella, remontèrent à l'appartement, après avoir ramené Madame Tousseau chez elle. Au moment de se quitter, Madame Tousseau donna une enveloppe à Adélina, l'invitant à ne l'ouvrir que plus tard le lendemain, dans un moment de calme, et disant simplement qu'il s'agissait là de son cadeau d'anniversaire.

Bien que curieuse de savoir ce que cachait cette enveloppe, Adélina respecta la demande de la vieille dame, et lui promit d'attendre le lendemain matin pour l'ouvrir.

Quand Adélina et Léandro se retrouvèrent enfin seuls tous les deux à l'appartement, Stella ayant décidé d'élire domicile sur le canapé du salon, tout sembla naturel, sans aucune gêne, comme s'ils se connaissaient depuis toujours, comme si ce genre de moment n'avait rien de nouveau entre eux.

Il en profita pour lui rappeler qu'elle avait deux cadeaux de plus à ouvrir, un sourire espiègle sur le visage. Elle ne se fit pas prier pour tout déballer ! La première petite boîte contenait un magnifique bracelet en or rose, agrémenté de breloques évoquant la nature : une feuille, un trèfle, des fleurs. Il évoqua que ce bijou lui avait instantanément fait penser à elle, une beauté pure aimant la nature. Elle fût touchée qu'il ait choisi un cadeau personnalisé qui avait une réelle signification, et non pas quelque chose au hasard, juste pour marquer le coup.

Pour le second cadeau, il ne fut pas difficile pour Adélina de trouver ce qu'il se cachait sous le papier cadeau, d'un goût certain d'ailleurs, et révélant un peu du secret qu'il contenait, puisqu'il y avait un autocollant au nom d'une librairie connue de Paris.

Quand elle déchira l'emballage, elle découvrit une édition ancienne d'un livre de contes des Frères Grimm, lui ayant raconté qu'elle adorait leurs ouvrages. Léandro s'était débrouillé pour trouver cette rare édition sur un site en ligne, et l'avait fait livrer en express pour l'avoir dans les temps et l'offrir à Adélina le jour J.

_ Mais c'est trop, enfin ! Un cadeau suffisait, même si je suis comblée, tu m'as tellement gâtée et tu as tellement su bien choisir que je suis vraiment très émue.

_ Ça me fait plaisir, je suis heureux de te faire plaisir car tu me rends toi-même heureux. En si peu de temps, tu as changé beaucoup de choses dans ma vie, dans mes attentes, dans mes envies. Et j'espère qu'on pourra faire un bon bout de chemin ensemble.

_ J'en serai ravie également, beau blond !

Elle l'embrassa tendrement mais intensément, puis il l'interrompit en lui rappelant qu'il y avait également les petits gâteaux au frigo à déguster !

Avant de pouvoir se jeter dessus, elle lui avoua vouloir se détendre en prenant une douche rapide, il en profita pour vérifier ses mails pendant ce temps.

Quand elle sortit de la salle de bains, vêtue d'un petit ensemble pyjama en satin, avec short et petit top à bretelles, elle le découvrit dans sa chambre, l'attendant, visiblement un peu timide, et elle se sentit angoissée et à la fois toute excitée et tellement amoureuse.

Il avait allumé quelques bougies, ouvert les volets mais tiré les rideaux pour conserver une intimité mais pouvoir profiter de la magnifique lumière de la lune, et mis une musique sur son téléphone pour ambiancer le tout.

Elle s'avança vers lui, et après avoir refermé la porte derrière elle, s'assurant que Stella était paisiblement endormie sur le canapé, sans un mot, elle l'enlaça et ils s'embrassèrent. D'abord affectueusement et sensuellement, puis les échanges s'intensifièrent, les mains se hasardèrent dans des zones d'ordinaire privées. L'électricité entre eux était à son maximum. D'un respect naturel, quand il entreprit de faire glisser le tissu en satin de sa peau, il souffla sur les bougies pour ne leur laisser que pour seule lumière la pleine lune et le ciel étoilé. Elle sentit des frissons la parcourir sur tout son corps quand sa bouche et ses mains découvrir son intimité, elle se cambra de désir et d'impatience pour l'inciter à continuer et même à aller au-delà de l'exploration charnelle, alors qu'elle-même le dessinait du bout des doigts. Quand enfin, il se fondit en elle pour que leurs corps dansent ensemble, elle se déconnecta de toute réalité pour ne profiter que de ce moment de volupté. Haletants, épuisés, mais comblés, quand ils parvinrent à l'extase, il attendit un petit moment, toujours allongé sur elle, unissant les battements de leurs cœurs, s'offrant encore quelques caresses plus chastes pour sceller cette union, et enfin, quand il roula sur le côté, il l'empoigna gentiment pour qu'elle vienne se lover sur son torse.

_ Je ne crois pas avoir connu de plus belle nuit, murmura-t-il, en observant la clarté de la lune à travers les rideaux, puis en tournant son visage vers Adélina.

_ Arrête, je ne te crois pas ! Avec toutes les expériences que tu as dû vivre ! dit-elle en souriant.

_ C'est une chose que d'expérimenter, ça en est une autre que de s'attacher.

Ne sachant s'il était encore trop tôt pour parler d'amour, et encore moins d'avouer quoique ce soit, elle sourit, l'embrassa tendrement, et proposa de goûter aux petits gâteaux pour satisfaire une autre forme de gourmandise.

Puis ils s'endormirent, sereins, amoureux, mais sans

encore se l'avouer vraiment.

CHAPITRE 9

Quand elle se réveilla tôt le lendemain matin, elle prit soin de se faire discrète pour laisser Léandro dormir encore un peu.

Les oiseaux chantaient, le soleil brillait déjà, mais pour autant, Léandro semblait encore loin dans ses rêves, et elle voulait pouvoir préparer le petit-déjeuner tranquillement pour lui faire plaisir, ainsi qu'à Louise et Jules pour les remercier de la soirée d'anniversaire.

Quand elle referma la porte de la chambre derrière elle, Stella vint lui dire bonjour avec sa gaieté habituelle, et Adélina en profita pour la câliner quelques minutes. Puis elle se décida à préparer d'abord le petit-déjeuner de Stella, et une fois celle-ci satisfaite, elle ouvrit les fenêtres du salon et de la cuisine pour entendre le doux chant des oiseaux accompagnés des quelques bruits de villages, rares en ce jour puisqu'on était dimanche.

Après une rapide toilette, elle descendit à la boulangerie pour acheter plusieurs gourmandises, accompagnée de Stella, heureuse de pouvoir prendre l'air et de courir un peu dans les ruelles calmes, et malgré le fait d'être déjà rassasiée à l'appartement, elle en profita pour chaparder deux chouquettes à Auguste, qui ne résista pas à la joie et la beauté de la chienne.

En remontant à l'appartement, Adélina dressa ensuite la table en y déposant le bon pain frais qui donnait une vive envie de tartine à la confiture, les viennoiseries, et les quatre petites tartelettes aux fruits, pendant que l'eau et le café chauffaient, celui-ci donnant une bonne odeur à réveiller n'importe quel estomac encore endormi.

Il ne fallut pas longtemps pour qu'elle voit débarquer, encore ensommeillé, le visage de Léandro, qui la prit tendrement dans ses bras, avant de l'embrasser doucement dans le cou, puis Louise et Jules, ravis de mettre les pieds sous la table.

_ Ah, si on pouvait se réveiller tous les dimanches matin de la même manière ! taquina Louise.

_ C'est pour vous remercier pour hier soir, expliqua Adélina en souriant.

Stella acquiesça en aboyant, et en profita pour voler une nouvelle chouquette.

Se délectant de ce repas tout en papotant de tout et de rien, élaborant déjà un peu leur future virée à Paris, Adélina se rappela qu'elle devait ouvrir l'enveloppe de Madame Tousseau.

Tous la regardèrent avec curiosité, et comme la veille avec le ticket d'Euromillions, tout le monde attendit, pendu à ses lèvres, de savoir ce qu'il en était.

_ Alors ? trépigna Louise.

_ Je le crois pas... elle m'avait parlé de son envie de rejoindre un centre pour seniors où vit une de ses amies...

_ Qu'y-a-t-il de si étonnant à cela ? demanda Jules.

_ Elle me lègue sa maison... de son vivant... elle me fait don de sa maison je veux dire. Enfin elle me la donne... balbutia Adélina, n'en revenant pas.

_ Son mas tu veux dire ? Avec tout le terrain, le domaine entier ? s'égosilla Louise.

_ Oui... parce qu'elle me fait confiance pour m'occuper dignement de tous ses petits félins et parce qu'elle sait que j'aime cet endroit autant qu'elle, si ce n'est plus, pour reprendre ses mots.

_ C'est dingue ! On peut dire que tu es gâtée cette année pour ton anniversaire ! dit Jules.

Léandro, lui, ne parlait pas, il se contentait de sourire et d'attendre qu'Adélina reprenne ses esprits.

_ Tu vas déménager alors ? demanda Louise.

_ Je suppose oui... remarque que pour Jules et toi, ce serait idéal aussi, non ?

_ Carrément !

_ C'est juste une grande maison pour moi toute seule, dit Adélina comme en se parlant à elle-même.

_ Allez, c'est beaucoup d'émotions qui demandent à être digérées pour pouvoir réfléchir correctement ! intervient Léandro. On devrait peut-être passer voir Madame Tousseau, tu ne crois pas ?

_ Absolument ! Allons-y !

Et les quatre amis se quittèrent ainsi, Louise et Jules rêvant déjà à leur vie à deux, Adélina, Léandro et Stella voyant un avenir commun se profiler pour eux.

Ils arrivèrent chez Madame Tousseau avec quelques cargaisons de viennoiseries, et celle-ci les attendait dehors, en train d'arroser des fleurs.

_ Regardez qui voilà ! lança-t-elle, toujours aussi de bonne humeur. Bienvenue chez toi, ma toute belle !

Elle embrassa chaleureusement Adélina, puis fit une bise plus timide à Léandro, et termina par une caresse pour Stella.

_ C'est gentil de m'apporter des gourmandises ! Imaginez, là où je vais vivre, on a buffet à volonté, matin, midi, soir, et même au goûter ! Ce n'est pas là-bas que je vais surveiller ma ligne mais à mon âge, le bikini c'est plus pour moi de toute façon ! ajouta-t-elle en riant.

Adélina et Léandro se regardèrent en souriant.

_ Vous êtes vraiment sûre de votre choix, Madame Tousseau? demanda anxieusement Adélina. C'est un cadeau sans prix que vous me faites là, et je voudrais être certaine que vous avez bien réfléchi...

_ Tatata! la coupa la vieille dame. Ne te mets pas la rate au court-bouillon ma beauté ! Je n'ai plus d'enfant, personne à qui léguer ce domaine, et tu aurais pu être la petite-fille que je n'ai jamais eue. En tout cas, celle que j'aurais voulue, j'en suis certaine. Je sais que tu sauras prendre soin de cette maison et du jardin comme j'aimerais continuer à le faire. Je ne te demande qu'une chose. Ou deux plutôt. Fais résonner les rires des enfants ici, mieux que je n'ai pu le faire.... Affectionne mes petits félins et n'hésite pas à en accueillir d'autres qui n'auraient pas de foyer...oh, non, en fait... trois choses. J'aimerais que cet arbre-ci, ce beau chêne qui m'a vu faire des siestes tout au long de ma vie, abrite ma dernière demeure. J'ai déjà fait les démarches nécessaires, tout est déjà organisé pour que le moment venu, tu n'aies rien à faire... je pourrai ainsi vivre à jamais dans cet endroit que j'aime tant, et garder un œil sur toi, ma toute belle.

Adélina était émue, si bien que malgré elle, des larmes commencèrent à couler sur ses joues. Léandro lui entoura ses épaules de son bras pour la soutenir, et sourit tendrement à la vieille dame.

_ Je serai honorée de respecter vos trois souhaits Madame Tousseau, murmura-t-elle, emmêlée dans ses émotions.

_ Je savais que tu accepterais, dit-elle doucement en lui caressant la joue pour essuyer ses larmes. Bien, c'est plié, on a rendez-vous la semaine prochaine avec le notaire pour signer tous les papiers, et ensuite, je pourrai déménager dans ma nouvelle résidence, et toi venir t'installer ici !

_ C'est si rapide ! cria presque Adélina, soudain angoissée.

_ C'est-à-dire que je n'ai plus tout mon temps ! rigola Madame Tousseau.

_ N'oubliez pas qu'avant votre déménagement, vous venez avec nous en excursion à la capitale, intervient Léandro.

_ Oh que non, je ne risque pas d'oublier, je vais pouvoir

faire ma coquette sur les Champs-Elysées !

Après un second petit-déjeuner en compagnie de la vieille dame, Adélina, Léandro et Stella quittèrent le domaine pour regagner le village.

Pendant le trajet, ils purent discuter de l'avenir qui se profilait devant eux.

_ Avec toutes ces émotions et chamboulements qui te tombent dessus, comment te sens-tu ? questionna Léandro.

_ Même si ça peut paraître incongru, je dois admettre que je suis terrifiée... répondit Adélina après un instant de réflexion. Terrifiée que ma petite vie tranquille à laquelle je tiens tant ne soit bouleversée, que je me perde dans un tourbillon qui pourrait me faire partir en vrille... et terrifiée d'aller vivre seule au mas, même si je l'adore, mais il y a une différence entre y passer un peu de bon temps, et imaginer une vie de famille dans un endroit tel que celui-ci, et y être projetée sans préavis, seule, alors que j'ai un petit cocon familier au village...

_ Pourquoi te sens-tu obligée d'aller y vivre tout de suite ? Je suppose que tous les petits félins peuvent survivre ensemble tant que tu y passes une ou deux fois par jour.

_ Parce que j'ai bien vu les visages de Louise et Jules quand ils ont envisagé de vivre enfin ensemble, juste tous les deux, à l'appartement... et parce que je ne veux pas décevoir Madame Tousseau...

_ Effectivement... peut-être que...

_ Oui ? Dis-moi que tu as une idée qui pourrait me faire entrevoir ce cadeau comme inespéré et extraordinaire plutôt qu'empoisonné ?

_ Je n'aime pas évoquer l'idée car j'ai un peu l'impression de m'imposer et j'aurais préféré que l'idée vienne de toi je t'avoue ! dit-il dans un petit rire tendu. Mais, moi qui souhaitais acheter un bien dans le coin, et toi ayant reçu ce domaine dans lequel tu ne veux pas vivre seule, peut-être que l'on pourrait emménager ensemble ?

_ Je n'ai jamais envisagé d'emménager avec un homme avec comme seul prétexte la peur d'être seule, tu sais...

_ Oh, bien sûr, au temps pour moi, ajouta-t-il, un peu vexé.

_ Non, ne te méprends pas... je veux juste que le jour où l'on décidera de vivre ensemble, ce sera parce qu'on ne peut plus se passer l'un de l'autre, parce qu'on veut construire quelque chose ensemble de sérieux, et parce qu'on s'aime, tout simplement, ajouta-t-elle alors qu'ils arrivaient au village.

_ Je pensais juste que c'était le cas, en fait... au-delà des deux autres prétextes plus pratiques que j'ai évoqués, lâcha-t-il dans un murmure, après un silence, alors qu'il s'arrêtait devant chez elle.

_ Je suis maladroite, je te demande pardon, je me suis mal exprimée ! Et j'avais peur d'aller plus vite que toi...

_ Bien sûr, je comprends, ne t'inquiète pas.

_ Tu n'arrêtes pas la voiture ? Je pensais qu'on passait la journée ensemble.

_ Je viens de me souvenir que j'ai deux trois choses à régler pour officialiser ma nouvelle vie ici, j'aimerais régler ça rapidement si ça ne t'ennuie pas.

_ Tu m'en veux n'est-ce pas ?

_ Pas du tout voyons… je pense juste que tu as besoin de te poser un peu pour réfléchir à tous ces changements pour y voir clair sans que je ne vienne interférer. Je veux simplement que tu sois heureuse et que tu choisisses ce qu'il y a de mieux pour toi. Et quand tu sauras ce qu'il en est, je serai là, ne t'inquiète pas… si tu veux de moi bien entendu !

_ D'accord…

Elle se pencha vers lui pour l'enlacer et l'embrasser tendrement, une étreinte à laquelle il répondit sincèrement, puis elle se tourna pour faire une caresse à Stella, et les quitta tous les deux avec une tristesse qu'elle ne soupçonnait pas. Elle se retourna une dernière fois pour lui lancer un petit coucou, qu'il lui renvoya, et il s'en alla après s'être assuré qu'elle était bien rentrée chez elle.

Malgré toutes les incertitudes qui l'ébranlaient en cet instant, elle fut alors sûre d'une chose, c'est qu'elle n'était peut-être pas prête à vivre réellement avec Léandro, mais elle ne voulait absolument pas le perdre, et elle espérait qu'elle n'avait pas tout gâché avec lui.

Son dimanche fut d'une morosité incontestable, ce qui était ironique si on remettait les choses dans leur contexte : elle avait passé une vraie nuit d'amour avec un homme quasiment idéal à ses yeux, elle venait de fêter son anniversaire avec tous les gens qu'elle aimait, elle avait gagné 100 millions d'euros et hérité d'une maison dont elle rêvait depuis des années comme lieu de vie... et pourtant elle était perdue et triste. Elle aurait presque préféré n'avoir ni gagné à la loterie, ni avoir hérité du mas de Madame Tousseau, pour pouvoir continuer sa petite vie tranquillement avec à ses côtés un homme avec qui elle commençait à dessiner les contours d'une histoire sérieuse.

Louise et Jules étaient partis pour la journée pour profiter de leur dimanche, Nonna et Nonno se reposaient dans leur appartement, dont les bruits de vie lui parvenaient jusque chez elle, entre la télévision à fond pour Nonno et les bruits de casseroles pour Nonna, leurs fenêtres étant toutes grandes ouvertes mais les volets clos.

Tournant en rond comme une malheureuse, elle se décida à sortir un peu de son appartement en fin d'après-midi pour faire une petite balade au village.

Assise sur un des bancs de la place, elle pouvait voir de là le mas de Madame Tousseau. Il paraissait si loin de là alors qu'il était en fait assez près, puisqu'à pied il ne lui fallait que dix petites minutes pour rejoindre le village de là-bas, et encore, en marchant tranquillement, et à vélo seulement cinq. Il était grossier de vouloir même envisager de prendre la voiture pour s'y rendre.

Alors qu'elle était perdue dans ses pensées, Gilberte, l'épouse d'Antonin, l'ancien facteur du village et fidèle ami d'Illarione, vint s'asseoir à côté d'elle, en la saluant d'une bise affectueuse. Gilberte était un poil plus jeune que son époux, si bien qu'elle continuait à travailler, elle tenait une boutique de vêtements sur la place du village.

_ Alors ma belle ! Comment vas-tu ? Que fais-tu toute seule un dimanche après-midi ?

_ Je suis un peu perdue Gilberte...

_ C'est la vieillesse ça... ça file un coup, c'est certain ! lui dit-elle en riant pour la détendre un peu.

_ S'il n'y avait que ça....

_ Bien... raconte-moi alors, voir si je peux t'aider de ma sagesse légendaire.

_ Je suppose que tu n'es pas sans savoir que je suis la gagnante de Gassin ?

_ Pardi ! Tu penses bien que tes grands-parents ont prévenu tout le village... je me demande bien pourquoi d'ailleurs, moi je l'aurais gardé pour moi ! Et donc ? Tu te demandes comment placer cet argent, dis ?

_ Non, ce n'est pas le problème... quoique.... Non j'ai peur que ma vie change... et puis Madame Tousseau m'a fait don de son domaine... donc je vais déménager et ça me fait peur de quitter le village et mes repères...

_ Ondine t'a donné sa maison bien-aimée ? Mais pourquoi ?

Adélina lui expliqua toute l'histoire, ainsi que ses craintes, Gilberte écoutant en se tenant le menton de réflexion.

_ Bon... et donc ? La maison est à côté ! Ça ne changera

rien à tes habitudes ! Pour ce qui est de la solitude... je suis sûre que tout le monde ici sera heureux de venir te tenir compagnie, surtout si tu organises toutes sortes de fêtes... des brunchs, des barbecues... oh oui c'est bien ça, dis ! Et puis donne-toi un peu de temps avec ce beau garçon que j'ai croisé à ta fête, et si ça marche bien, il n'y a pas de raison pour que les choses n'évoluent pas bien ! Ah, que j'aimerais avoir ce genre de soucis... Imagine... je suis vieille, si vieille que j'ai décidé de prendre ma retraite... j'ai mis en vente le magasin il y a un petit moment déjà, je n'en ai parlé à personne par crainte de la scoumoune, mais tu vois, ça n'intéresse pas grand monde... moi qui comptais le vendre rapidement pour pouvoir nous offrir à Antonin et moi la croisière dont on rêve depuis notre mariage...

_ Ca alors ! Et tu attends d'avoir vendu pour arrêter pour de bon alors ?

_ Et oui ma belle... mon corps commence à fatiguer mais si je n'ai pas vendu, financièrement parlant je ne peux pas me permettre d'arrêter de travailler...

Elles entendirent Antonin l'appeler depuis leur petite maison de village, si bien qu'elle finit par quitter Adélina, après lui avoir fait un gros câlin de réconfort et s'être assurée qu'elle allait un peu mieux qu'avant leur conversation.

Ce qui était vrai, finalement... vu sous cet angle, où était le problème ? D'autant que d'avoir appris que le magasin de Gilberte était en vente, elle se mit une idée en tête qu'elle allait avoir besoin de potasser pour s'assurer que quelque chose était possible.

Elle rentra chez elle, quelque peu revigorée, passa de longues heures sur son ordinateur à faire des recherches, et commencer à planifier le voyage à Paris.

Quand Louise rentra enfin à la maison, le soleil commençait à décliner. Adélina avait préparé un petit repas pour son amie, histoire de la mettre en condition pour lui parler de ses projets.

_ Pfiooou, vivement que Jules en ait enfin terminé avec ses études.... lança-t-elle, un peu mélancolique. Je suis lasse de devoir le quitter tous les dimanches en fin de journée...

_ C'est pour mieux vous retrouver ! rassura gentiment Adélina, d'une voix douce.

_ Et bien, et bien... je te trouve bien souriante toi ce soir ! Je suppose que Léandro t'a fait passer une belle journée en amoureux ?

_ Pas vraiment non... même si j'en suis en grande partie responsable, rétorqua Adélina, songeuse et abandonnant son sourire.

_ Oh ! Raconte-moi tout pendant que je sers le dîner que tu nous as gentiment préparé.

Et après qu'Adélina ait exposé les faits, les deux copines échangèrent leurs avis et idées pour pouvoir rattraper le coup.

_ De toute façon, ajouta Louise, pas besoin d'être voyant pour s'apercevoir que Léandro est amoureux de toi... en lui donnant confiance sur ton envie de t'investir dans votre histoire, il reviendra forcément, je ne me fais aucun souci. Mais alors, pourquoi avais-tu ce sourire quand je suis rentrée tout à l'heure ?

_ C'est en ce qui concerne mon avenir professionnel.... Tu n'es pas sans savoir que j'ai été virée et que je dois trouver un projet.

_ Non, Lina... tu ne dois pas. Car je te rappelle que tu as sur ton compte en banque 100 millions d'euros. Donc disons plutôt que tu veux t'épanouir dans une activité professionnelle.

_ Oui, bon, si tu veux... même si je te rappelle que pour l'instant cet argent n'est pas sur mon compte bancaire.

_ Un détail ! Et donc, que vas-tu faire alors ?

_Figure-toi que Gilberte vend son magasin ! Elle veut prendre sa retraite et ne trouve pas d'acheteur pour sa boutique !

_ Tu veux vendre des vêtements ? dit Louise, sceptique.

_ Mais non, dit Lina en riant. Je souhaite acheter les murs, le commerce, pour en faire une nouvelle boutique... et ouvrir une librairie !

_Oui, pourquoi pas ! C'est ta passion... ! Bon, heureusement que tu es millionnaire parce que je ne suis pas sûre qu'une librairie de village puisse nourrir son monde, mais dans ta situation c'est une belle idée !

_ Tu sais, l'été, il y a du monde quand même... les gens qui vont à la plage et qui recherche le livre de leur été... dit Lina songeuse.

_Je valide ! Et je ne peux que t'encourager à suivre cette idée ! Après tout, fais-toi plaisir ! Et en plus si j'ai bien compris tu rendras service à Gilberte.

_ Exactement ! Bon mais ce n'est pas tout. J'aimerais t'embaucher !

_ Pour vendre des livres ? Tu sais que je t'aime, mais ta passion et la mienne sont quelque peu différentes...

_ Je sais bien ! Mais je veux t'embaucher pour que tu vives de ta passion ! Je m'explique, je voudrais vendre également des petits gâteaux dans ma boutique, pour faire un espace lecture et permettre aux gens de s'arrêter à la boutique pour profiter d'un petit gâteau pendant qu'ils lisent un chapitre par exemple... surtout aux beaux jours, ce sera génial, on pourra dresser quelques tables sur la place du village !

_ Ca me semble un peu petit quand même, de tout faire dans la boutique... je veux dire, pour faire des gâteaux, il faut une cuisine.

_ Oui, c'est pour ça que tu ne les feras pas sur place. Je me suis renseignée et tu peux obtenir une autorisation de cuisiner chez toi si tu respectes les normes sanitaires, et avec un peu d'argent, on peut rendre cette cuisine plus professionnelle, tout en restant familiale, ne t'inquiète pas !

_ Je vois que tu as pensé à tout dis-moi ! Bon mais tu sais que dans un an je me marie, et donc que dans deux ans je serai sûrement maman...tu accepteras de me donner mon congé maternité et mon congé parental ? rajouta Louise en rigolant.

_ Evidemment ! Et je te rémunèrerai gracieusement... et tu auras des primes, de mariage, de grossesse, d'accouchement... tout ce que tu veux !

_ C'est Jules qui va être content ! Lui qui préférait attendre une stabilité financière de son côté pour qu'on commence à fonder notre famille, je vais pouvoir lui annoncer qu'on pourra s'y mettre plus tôt !

_ Oui, faites donc ça... mais attendez au moins d'être mariés, hein, histoire que mon affaire soit lancée ! Et puis ça ferait mauvais genre, au village, enceinte et pas mariée, tu imagines ! lança Lina, en se moquant gentiment de son amie.

Et c'est ainsi que les deux amies se serrèrent la main avant de s'enlacer pour sceller leur accord !

Malgré le tumulte qui grondait dans son cœur à cause de Léandro, Adélina se sentit apaisée par cette prise de décision qui lui donnait un but nouveau dans la vie et un challenge à relever, tout en pouvant enfin faire ce qu'elle aimait tant, se passionner encore et toujours pour les livres.

CHAPITRE 10

La semaine était finalement passée assez rapidement pour Adélina, entre l'organisation du petit week-end à Paris et les démarches pour faire aboutir son projet professionnel.

Elle avait organisé les quelques petites visites qui lui avaient été suggérées par la dame de la société de la loterie, ne connaissant quasiment rien de la capitale, n'y étant jamais allée. Simona, après quelques échanges par textos, lui avait également donné quelques bonnes adresses de restaurants, que seuls les habitants de la ville de l'Amour pouvaient connaitre.

En parlant d'amour, Léandro, en gentleman qu'il était, avait pris de ses nouvelles, et précautionneusement, avait un peu pris la température pour tenter de savoir où en était leur histoire. Même si Adélina était encore perdue et surtout effrayée par cette perspective de vivre déjà à deux avec Léandro, elle lui avait avoué ses sentiments, avec une simplicité enfantine, tellement enfantine que Léandro préférait rester sur ses gardes, même s'il ne l'avait pas dit explicitement, prétextant juste qu'il valait mieux avancer doucement, et profiter des petits moments à deux, craignant que la jeune femme ne fuît face à la maturité qu'impliquait une vie à deux.

Ils s'étaient donc vus, ils avaient partagé d'agréables

moments pendant cette semaine, comme un repas entre amis avec Louise et Jules à l'appartement, une balade au bord de mer avec Stella, ou un film lovés dans les bras l'un de l'autre, en grignotant du popcorn, mais lorsqu'Adélina lui proposait de rester dormir, celui-ci déclinait, préférant évidemment ne pas s'attacher davantage en partageant une intimité, non pas physique, mais plus de s'endormir ensemble avec des rêves d'avenir ou d'un réveil à deux.

Adélina ne comprenait pas vraiment, mais acceptait la situation, se demandant bien ce qu'elle pourrait faire pour que les choses changent, mais sachant inconsciemment que tout le problème résidait dans son déménagement au mas de Madame Tousseau.

Le rendez-vous chez le notaire avait bien eu lieu, Léandro l'avait d'ailleurs accompagnée, et au retour au mas, les amoureux avaient aidé Madame Tousseau à faire les cartons de ses effets personnels pour qu'elle puisse les emporter dans sa nouvelle résidence.

Officiellement, la vieille dame déménageait quelques jours après leur retour de Paris... et même si Louise, et surtout Jules, n'avaient pas mis la pression à Adélina pour la voir faire ses cartons elle aussi, ils avaient, peut-être maladroitement, partagé leur impatience d'être un vrai couple dans leur appartement.

La jeune femme, elle, savait bien que c'était dans l'ordre des choses que de quitter l'appartement et de laisser le couple vivre tranquillement, surtout avec le don du mas de Madame Tousseau, mais elle ne comprenait pas pourquoi cela devait se faire dans la précipitation...

d'autant que ça mettait en péril sa relation naissante avec Léandro.

Et puis elle était tellement excitée par son projet professionnel !

Elle avait déjà discuté avec Gilberte et lui avait fait une offre, que la future retraitée s'était fait une joie d'accepter.

Tout allait finalement plutôt bien... et tout aurait pu être parfait si les gens autour d'elle acceptaient d'avancer à un rythme un peu moins rapide pour qu'elle puisse suivre la cadence à son aise.

Oui, tout allait bien. Le sourire aux lèvres, préparant ses affaires pour le départ à Paris, Adélina s'affairait dans ses papiers, en fulminant. Car tout n'allait plus si bien.

_ Tout va bien ? l'interrogea Louise en passant sa tête par la porte de la chambre.

_ Oui... enfin non ! s'impatienta Adélina. Je ne trouve plus le ticket de la loterie.

_ Le ticket gagnant ? hurla presque Louise en courant vers sa meilleure amie.

_ Evidemment, le ticket gagnant ! Tu voudrais que je fasse quoi d'un ticket perdant ! Louise, aide-moi, je panique, là !

Les deux amies mirent la pagaille dans la chambre, ouvrant tous les tiroirs des commodes, les portes des placards, balançant les vêtements au sol, retournant le matelas du lit. Mais rien... Le ticket était introuvable.

_ Oh, Louise... Qu'est-ce que je vais dire à Nonna et

Nonno ?

_ C'est tout ce qui t'inquiète ?

_ Evidemment ! Tu sais bien que moi, l'argent, tout ça, ça m'indiffère totalement. Mais tous les deux, ils se voyaient déjà à Paris...

_ On peut peut-être les emmener pour le week-end ?

_ Mais avec quel argent ? C'est fichu, Louise, fichu !

Sous le choc, Adélina ne parvenait même pas à pleurer.

_ Je dois prévenir Léandro...

_ Avant de prévenir Nonna et Nonno qui doivent déjà être en voiture ?

_ On ne doit partir que demain, Louise !

_ Devait, tu veux dire... On ne devait. Mais tu connais tes grands-parents mieux que moi...

_ Non, non, j'appelle Léandro.

La boule au ventre, la bouche sèche, les mains tremblantes, elle passa donc un appel à Léandro, Louise dans la pièce à côté mais entendant tout.

_ Je n'arrive pas à le croire... murmura-t-elle alors qu'elle raccrochait et qu'elle rejoignait Louise dans la cuisine.

_ Encore un problème ? Parce que pire que le coup du ticket, je vois pas.

_ Tu plaisantes ? Bien sûr qu'il y aurait pire, mais autant ne pas y penser. Non, c'est Léandro... Il se propose de nous offrir le week-end à Paris pour qu'on puisse en profiter malgré tout. Il m'a conseillé d'attendre d'être là-bas pour dire la vérité à Nonna et Nonno.

_ Quel gentleman cet homme, quand même ! Je vais te dire, même si tu as perdu le ticket, je dirais quand même que tu as tiré le bon numéro avec Léandro.

_ C'est tellement vrai, Louise. Pourvu que je n'ai rien gâché...

_ Alors ça c'est moins sûr... Perdre un ticket de loterie de cette valeur... Punaise, Lina... Quelle idée !

_ Comme si c'était mon idée ! Mais je parlais de Léandro... Je l'ai un peu repoussé avec cette histoire d'emménagement, tu sais...

_ Fais confiance à la vie. Elle ne peut quand même pas te retirer et la fortune, et l'amour, en même temps !

_ Que tu es bête !

Le lendemain, un taxi vint prendre Nonna et Nonno au village pour qu'ils ne laissent pas la Fiat 500 à l'aéroport pendant tout le week-end, Nonna craignant que quelqu'un ne cherche à la voler.

Louise et Jules étaient montés dans la voiture de Léandro, après qu'il soit venu les chercher à l'appartement, avec Adélina évidemment, et Léandro en avait profité pour déposer Stella à Augustin, le papa de Louise, qui adorait les animaux et avait promis de s'occuper de la chienne comme de sa propre fille.

Ils passèrent récupérer Madame Tousseau au mas, et, non pas serrés comme dans une boîte à sardines, la voiture de Léandro étant relativement spacieuse, mais excités comme des puces, ils rejoignirent Nonna et Nonno à l'aéroport.

Ceux-ci avaient sorti leurs beaux habits, ce qui fit sourire Adélina et Léandro, qui échangèrent un petit regard qui mit du baume au coeur d'Adélina, sentant cette complicité entre eux toujours bien présente.

_ Nonna, lança Louise, la taquinant gentiment, regarde-toi ! Tu as prévu de dévaliser les boutiques des Champs-Elysées en vidant le compte en banque de ta petite-fille, dis ! Je ne t'ai jamais vu aussi élégante !

_ Ne dis pas de bêtise, *birichina - vilaine -*, répondit Nonna, faussement vexée mais suffisamment quand même pour se montrer un peu agressive, ta mémoire te fait défaut, j'ai porté cette robe au mariage de la cousine Monica !

_ Oh, je plaisante, Nonna! ajouta Louise en se serrant contre son dos pour la câliner. Et toi Illarione? Une tenue de baptême peut-être alors ?

_ *Boudie*, tu es piquante Louise ce soir ! Attention que je ne te jette pas dans la Seine, on sait jamais !

_ Bah, j'ai mon docteur personnel avec moi de toute façon, il se jettera pour me sauver et me fera du bouche à bouche, dit-elle en lançant un clin d'oeil à Adélina qui souriait de leur petite querelle.

_ Bon, bande de petits voyous, au lieu d'embêter les ancêtres, vous ne voudriez pas plutôt aller enregistrer nos bagages ? intervient Madame Tousseau de sa voix chantante.

_ Chef, oui, chef ! lança Louise.

_ Elle est bien survoltée, dis, ta copine ! dit Nonna à Adélina, après que Louise et Jules se soient éclipsés.

_ Tu connais son caractère, Nonna... elle est toujours un peu comme ça... quoique je reconnais que ce soir elle bat des records, répondit Adélina, se sentant gênée de mentir à ses grands-parents.

_ Moi je crois surtout qu'elle est excitée de se retrouver dans la ville de l'Amour avec son petit coquet, et de pouvoir partager bientôt une vie à deux, réagit Madame Tousseau en faisant un clin d'oeil à Adélina.

Adélina sentit un trouble en entendant la phrase de la vieille dame, jetant un regard furtif vers Léandro qui ne bronchait pas, conservant un petit sourire aux lèvres, et tentant de se faire le plus discret possible, sous les regards curieux des gens autour d'eux qui se demandaient si c'était bel et bien Léandro di Oltéo ou un simple sosie.

Ils embarquèrent finalement dans une ambiance un peu plus calme, prirent leurs places dans l'avion, et lorsque celui-ci décolla, alors qu'Adélina manifestait un stress évident, ce vol dans les airs étant son tout premier, en plus du mensonge ambiant qui régnait dans l'air, Léandro lui prit la main, la porta à ses lèvres pour y déposer un baiser, et lui murmura à l'oreille que tout irait bien, ne lâchant pas sa main pendant tout le vol, qui fut heureusement court, Nonna et Nonno n'ayant pas eu la chance d'être rassurés par quiconque pour leur baptème de l'air.

Ils arrivèrent à Paris en fin d'après-midi, Adélina menant malgré tout sa petite troupe à la baguette, souhaitant respecter un minimum son planning, puisqu'elle avait réservé une table dans un restaurant, du moins, en théorie, puisqu'en pratique, Léandro se chargeait de tout régler.

Nonna et Nonno étaient intenables, de vrais enfants découvrant les joies du voyage, bien qu'ils soient pourtant habitués à voyager tous les étés depuis la France vers l'Italie. Ils riaient, jacassaient, et Louise en profitait pour les taquiner gentiment, Jules sur ses talons.

Léandro et Adélina les regardaient avec affection, un sourire aux lèvres.

_ J'ai l'impression d'être mono dans une colonie de vacances, glissa-t-il à son oreille, riant.

_ M'en parle pas ! Ils me font presque honte ! Merci en tout cas Léandro. Merci pour tout. D'être là, à mes côtés, et de nous offrir ce week-end qu'il m'aurait été difficile d'annuler pour ne pas voir ce bonheur sur le visage de mes grands-parents.

_ Tu plaisantes ! Depuis le temps que je rêvais de moments simples et légers dans ce genre. C'est une bouffée d'oxygène d'être à tes côtés et de profiter de ce week-end avec tes proches. Le reste n'est qu'un détail.

_ Un détail de taille ! Espérons qu'ils sauront se tenir au restaurant et à l'hôtel... souffla-t-elle.

Oh, pendant que j'y pense, à propos de l'hôtel... je n'ai réservé qu'une chambre pour toi et moi... je veux dire, une chambre commune...

_ Je n'en attendais pas moins, lui dit-il en s'approchant d'elle pour lui donner un rapide baiser et s'emparer de sa main.

CHAPITRE 11

L'étape de l'aéroport était terminée, maintenant, s'annonçait le périple de la route vers Montmartre, où Adélina avait réservé leur hôtel. Elle s'était occupé elle-même de tout pour l'organisation de ce week-end, préférant jouir de leur liberté.

Pourtant, à cet instant, elle sentit pointer le regret.

_ Mais qu'est-ce que ça veut dire, ça, quelle bande de *figlio di buona donna ! - insulte italienne très vulgaire, -* cria presque Nonna.

_ Dis-moi, murmura doucement Léandro à l'oreille d'Adélina avec un petit sourire aux lèvres, je n'ose pas dire à ta grand-mère que je parle couramment italien pour ne pas la mettre mal à l'aise, mais elle est très virulente dans ses propos.

_ On s'y habitue, pouffa Adélina.

_ Oh, Honoria, arrête un peu de brailler, on va bien trouver un taxi qui acceptera de nous conduire ! cria encore plus fort Nonno à son épouse.

_ Oh là là, mais vous êtes vraiment nuls tous ! Vous n'avez pas une petite idée qui vous viendrait à l'esprit pour faire céder n'importe quel chauffeur ? lança Louise.

Devant le silence environnant et les yeux ronds de tous,

elle ajouta :

_ On a Léandro avec nous ! Laissez-le demander un taxi, et je peux vous dire qu'on va en trouver un, de chauffeur, et même pas qu'un seul.

_ Ah, oui, même moi je n'y avais pas pensé, dit Léandro, peu convaincu.

Louise l'attrapa par l'avant-bras et alla aborder une première voiture, dont le chauffeur sortit même du véhicule pour saluer Léandro. Malheureusement, tout le monde ne rentrait pas à l'intérieur, il fallait une voiture plus grande et spacieuse.

Après avoir jeté son dévolu sur un gabarit plus adapté, qui n'était ni plus ni moins un mini van pour les faire tous rentrer à l'intérieur de l'habitacle, Louise réitéra sa demande et ils furent installés en moins de deux.

Après une grosse demi-heure de route et un blablabla constant de Nonna qui était entre l'énervement de cette expérience et l'émerveillement de la balade, ils parvinrent à l'hôtel, dans une chaleur encore bien intense pour ce début de soirée.

Chacun des couples prit possession de sa chambre ainsi qu'Ondine dans ce lieu très classe, dans lequel Nonna donnait encore de la voix, avec en prime des *mi* et *boudie* à tout va de Nonno, subjugué par tant de luxe, puis ils descendirent au restaurant où ils découvrirent des recettes originales et méconnues.

La soirée se termina avec un cocktail au bar du restaurant, qui se trouvait sur le toit, et qui offrait une vue sur tout Paris.

Enfin, chacun rejoignit sa chambre, heureux de pouvoir casser leur routine, sauf pour Adélina, qui se languissait déjà de retrouver son Sud.

Heureusement, Léandro sut la réconforter et lui offrit l'amour dont elle avait besoin pour se sentir à sa place, quel que soit l'endroit où elle se trouvait, et elle comprit que les questionnements qu'elle laissait s'insinuer en elle étaient destructeurs et que seul était important ce sentiment qu'elle ressentait pour Léandro.

Le lendemain matin, après un copieux petit-déjeuner, ils partirent tous ensemble à la découverte de Montmartre, passant de rues pavées en jardins, montant la butte et se photographiant devant le Sacré Cœur, se faisant tirer le portrait par les artistes des rues, le tout dans une ambiance joyeuse.

Puis vint l'heure du rendez-vous au siège de la société de la loterie. Le prétendu rendez-vous, puisqu'Adélina avait déjà contacté la société pour les prévenir de la grande et non moins désastreuse nouvelle. La boule au ventre, angoissée, Adélina prétexta se rendre à ce rendez-vous avec Léandro, laissant Nonna et Nonno râler.

Nonna, Nonno, Jules et Louise restèrent attablés à la terrasse d'un café, pendant qu'Adélina et Léandro rejoignaient le grand immeuble aux multiples fenêtres miroirs. A l'angle d'une rue, ils quittèrent le chemin qu'ils devaient emprunter pour s'échapper.

Ils en profitèrent pour marcher et discuter seul à seul, loin du tumulte environnant, malgré celui intérieur d'Adélina.

_ Alors, que vas-tu faire, finalement ? Si ça se trouve, dans quelques jours, tu vas retrouver ton ticket !

_ Je n'en sais rien... Je vais te dire. J'en viens presque à être soulagée de l'avoir perdu. Ne pas pouvoir gâter mes proches m'attriste, ne pas pouvoir réaliser mon rêve professionnel me déçoit, mais en dehors de ça, je crois que je m'en fiche.

_ Pour ce qui est de gâter tes proches, je ne crois pas qu'une fortune soit forcément nécessaire. Pour le reste, tu peux peut-être trouver une solution. Obtenir un prêt, donner une part de tes recettes à la propriétaire... Ca se réfléchit.

Soulagée d'avoir pu discuter en toute honnêteté avec Léandro, ils rejoignirent le reste du groupe pour midi.

Ils mangèrent dans un charmant petit troquet, dans lequel un accordéoniste passait entre les tables pour jouer des airs parisiens. L'ambiance était douce et enjouée, et ils sortirent du restaurant le ventre plein et l'esprit un peu embrumé, après avoir commandé une bouteille de champagne pour fêter l'évènement.

L'après-midi, ils se baladèrent dans Paris, puis firent une longue pause dans le jardin des Tuileries. Profitant du soleil et du ciel bleu, ils s'installèrent sur des chaises, à l'ombre des arbres, et en profitèrent pour se détendre tout en papotant. Louise et Jules proposèrent d'aller acheter des rafraichissements et des pâtisseries pour goûter dans ce lieu idyllique, et quand l'heure arriva, ils purent déguster ce bon goûter aux airs de pique-nique.

Ils rentrèrent en fin d'après-midi pour se rafraichir à

l'hôtel, et se reposer un peu, car à force de jouer les touristes, la fatigue les gagnait.

Chacun rejoignit sa chambre, et Adélina et Léandro purent enfin apprécier un instant à deux, pendant lequel leur sieste se transforma en sieste coquine.

Ils se réunirent ensuite tous en bas de l'hôtel vers 18 heures pour rejoindre le lieu de leur soirée, un spectacle qu'Adélina avait principalement réservé pour faire plaisir à Nonna: le Moulin Rouge. Celle-ci était intenable, une vraie pile.

_*Ora, forza, ragazzi ! - maintenant, en route, mauvaise troupe !* -, scanda-t-elle, tout apprêtée dans son tailleur jupe rouge surpiqué de paillettes.

_ Madonne, j'ai l'impression d'avoir une gamine à qui on a promis qu'elle allait rencontrer le Père Noël, lança Nonno pour plaisanter.

_ Moque-toi, *ragazzo cattivo - mauvais garçon-*, en attendant, j'en connais un qui va bien se rincer l'oeil tout à l'heure !

_ Mi ! Comme si je pouvais regarder une autre femme que toi, ma bien-aimée !

_ Ooooh, les amoureux ! Vous allez vous calmer, oui ! rappela gentiment Louise.

_ Que c'est beau de vieillir avec l'être aimé, glissa Madame Tousseau à l'oreille d'Adélina. Tu n'imagines pas, ma petite, comme j'aurais aimé vieillir aux côtés de mon grand amour... N'oublie jamais que rien ne remplace l'Amour. Quand tu le trouves, il faut t'y accrocher, et tout sacrifier pour préserver cette relation. Ne laisse rien venir se mettre en travers de toi et celui que tu aimes. Seule une chose pourra le faire, et je te souhaite qu'elle ne vienne pas s'en mêler... en tout cas, pas trop tôt.

Adélina prit le bras de sa vieille amie et lui serra la main en guise de réponse, car aucun mot n'aurait pu être à la hauteur de l'émotion qu'elle ressentait en écoutant Madame Tousseau évoquer la mort de son mari.

Ils furent installés à l'une des meilleures tables du cabaret, et purent rapidement déguster leur délicieux repas tout en observant le spectacle.

Chacun avait un comportement différent. Nonna chantait et gigotait sur sa chaise, pendant que Nonno regardait les danseuses avec la bouche ouverte, dans laquelle il glissait de temps à autre sa fourchette pleine, fourchette qu'il plongeait dans son assiette sans vraiment regarder ce qu'il y mettait sous peine de quitter des yeux les danseuses et ça, c'était visiblement hors de question pour lui !

Madame Tousseau observait le spectacle avec des étoiles plein les yeux, un sourire aux lèvres, alors que Louise riait en essayant d'influencer Adélina en lui racontant des choses à l'oreille, qui devaient être vraisemblablement des cancans sur les danseuses de french-cancan justement, ce à quoi Adélina répondait souvent en levant les yeux au ciel tout en souriant gaiement.

Enfin, Jules et Léandro mangeaient tranquillement tout en se resservant du vin, visiblement peu intéressés par le spectacle.

La représentation prit fin sous les acclamations et les applaudissements, Nonna en tête des cris de félicitations auprès des danseuses, et le petit groupe put rejoindre l'hôtel en profitant de la douceur de la soirée d'été pour faire une marche digestive.

_ Je dois vous avouer quelque chose... lâcha Adélina subitement.

Tous se retournèrent vers elle, à l'exception de Léandro qui serra sa main très fort alors qu'il plongeait son regard vers le sol.

_ Une autre surprise ? s'excita Nonna.

_ Oh, tu crois pas qu'elle nous a assez gâtés comme ça ! la réprimande Nonno.

_ En fait, ce n'est pas moi qui vous ai gâtés.

_ Oui, c'est la loterie, mais c'est pareil !

_ Non, Nonna. Non... C'est Léandro qui nous a offert gentiment ce week-end à paris. Parce que je ne pouvais plus me le permettre.

_ Tu as déjà placé tout ton argent ? s'étonna Nonno.

_ Non, ce n'est pas ça... En fait... En fait, j'ai perdu le ticket. Il n'y a plus de loterie. Plus de millions... Il n'y a que moi... Et Léandro.

_ Putain ! souffla Jules, qui reçut un coup dans les côtes de la part de Louise.

_ Mais comment ...? bégaya Nonno.

_ Je ne sais pas, je ne le trouve plus. Impossible de

remettre la main dessus. Je l'avais pourtant rangé dans mes papiers...

_ Aaaah, mais je le savais que j'aurais dû le garder avec moi ! Ce serait pas arrivé, ça, crois-moi, je peux te le dire !

_ Nonna, tais-toi ! siffla Nonno.

_ Bref, tout ça pour dire que vous pouvez remercier Léandro de nous offrir à tous ce week-end à Paris.

_ Tu sais, ma petite Adélina, je trouve que tu prends bien les choses, et cela me rassure, lui dit calmement Madame Tousseau alors que les autres rejoignaient l'hôtel. L'argent, qu'est-ce que c'est, finalement... Tu as cette chance d'avoir Léandro à tes côtés, et crois-moi, c'est ça le plus important. Et j'espère que tu l'as bien compris, Adélina. Ne le laisse pas filer.

_ Merci pour vos conseils avisés Madame Tousseau. J'ai bien conscience de la chance que j'ai d'avoir rencontré Léandro. J'espère juste faire ce qu'il faut pour ne pas le perdre.

Epuisée, autant moralement que physiquement, Adélina s'endormit dans les bras de Léandro alors qu'il lui caressait doucement les cheveux, et le lendemain matin, sous un soleil déjà chaud, ils prirent tous les deux le petit-déjeuner en amoureux, puis décidèrent d'aller faire un tour au Père Lachaise, sachant que le reste du groupe souhaitait faire la grasse matinée.

Apollinaire, Balzac, Colette, La Fontaine, Molière, Proust... Adélina avait les yeux qui brillaient d'admiration devant les tombes de ces figures légendaires à ses yeux, en tout cas, des monuments de la littérature française. Léandro souriait devant l'excitation de sa petite-amie, s'amusant de ses exclamations.

_ Oh, regarde, Proust ! Tu imagines ? lui lança-t-elle.

_ Ca me dit quelque chose en effet. Quelqu'un que tu apprécies beaucoup ?

_ On peut dire ça !

La visite se termina après deux heures de promenade, et le couple alla rejoindre le reste du groupe pour déjeuner rapidement devant la Tour Eiffel, devant laquelle Nonna s'exclama encore, puis vint le moment de retourner à l'aéroport pour prendre leur vol de retour.

Adélina et Léandro suivaient tout le monde, restant en bout de fil, laissant les autres s'arrêter dans les boutiques duty-free de l'aéroport.

_ Et voilà... retour à la réalité, dit timidement Léandro, attendant sûrement qu'Adélina lui en dise plus sur la situation de leur couple.

_ Oui... même si pour moi, le rêve est partout, et encore plus dans mon Sud, tu sais... et puis...

_ Et puis ?

_ Et bien, j'ai pris conscience de certaines choses, pendant ce week-end. Au-delà de la loterie et tout ça je veux dire.

Ils s'installèrent sur un banc en attendant l'embarquement et continuèrent leur conversation.

_ Donc ce que je voulais dire, c'est que j'ai compris que, même si toi et moi c'est très récent, tu as pris une place importante dans ma vie. J'aime tellement de choses chez toi… j'aime la façon dont tu as su me rassurer et me soutenir face à tout ce chamboulement, j'aime que tu aimes ma famille et mes amis et que tu sois si simple et gentil avec eux, j'aime que tu m'aimes un petit peu, aussi, parce que jusque-là je ne crois pas qu'un homme ne m'ait jamais au moins appréciée vraiment…

_ Lina… la coupa Léandro. Je fais plus que t'aimer un peu tu sais… Je t'aime, en fait.

_ Oh… répliqua Adélina, ses yeux se remplissant de larmes. Et bien, je t'aime aussi, Léandro. Et j'aimerais beaucoup que tu restes à mes côtés pour cette nouvelle vie qui se profile à l'horizon, pour toi et pour moi, si tu veux bien ?

_ Cette nouvelle vie pour nous, donc, dit-il en lui caressant la joue. Je reste, sans hésiter, je n'avais aucunement le projet de partir.

Ils s'embrassèrent timidement dans ce hall d'aéroport, se fichant de savoir s'il y avait des paparazzis ou des fans qui auraient pu faire des photos.

Ils furent interrompus par l'appel au micro des passagers pour leur vol, et main dans la main, ils montèrent à bord de l'avion.

CHAPITRE 12

Les jours qui suivirent le retour de Paris passèrent à une vitesse folle. A peine rentrés, Léandro avait prévenu Adélina qu'il devait partir une petite semaine en Californie pour régler des affaires et tout mettre en ordre pour venir s'installer définitivement en France à ses côtés, il l'avait bien entendu invitée à venir avec lui, ce qu'elle avait joyeusement accepté, ils étaient donc repartis deux jours plus tard afin de pouvoir revenir dans les temps pour aider Madame Tousseau à déménager. Adélina en avait profité pour commencer à préparer ses cartons pour pouvoir libérer le petit nid d'amour de Louise et Jules, et une fois sa valise bouclée, elle avait pu goûter les joies d'un vol long-courrier cette fois, et juste en tête à tête avec son amoureux. Les quelques jours passés aux Etats-Unis lui firent l'effet de ne pas être à sa place. Sa Provence lui manquait, ses proches lui manquaient, et si Léandro n'avait pas été là, elle se serait morfondue. Mais heureusement, il voyait instantanément quand quelque chose clochait, quand la mélancolie la guettait, et finalement, le séjour se passa plutôt bien, mais Adélina comme Léandro se languissaient de prendre leur vol retour, même Léandro se lamentait parfois de cette vie superficielle, depuis qu'il connaissait la vie dans le Sud de la France, sans compter que Stella lui manquait énormément, puisqu'il l'avait laissée à Louise et Jules pour lui éviter un voyage inutile.

Quand ils s'enregistrèrent à l'aéroport pour rentrer en France, Léandro était satisfait de ses démarches. Il avait mis sa villa en vente, s'était délesté de tout engagement professionnel en tant qu'acteur, avait présenté Adélina à sa maman, qui l'avait adorée et validée, et à qui il avait proposé de venir s'installer en France, ce qu'elle avait accepté.

Adélina avait été touchée par la relation de Léandro avec sa maman. Il y avait dans leurs liens l'essence même de l'amour. Elle aurait aimé avoir connu une telle fusion avec sa mère. Malheureusement, c'était loin d'être le cas, et même si Nonna était là pour combler le vide laissé par sa mère, celle-ci s'était toujours clairement positionnée en tant que grand-mère, et non en tant que mère.

Encore la dernière fois qu'Adélina avait vu sa mère à Paris, elle avait senti un écart entre elles. Non par choix, mais en acceptation à sa demande, puisque c'est Simona qui avait décidé de l'heure et du jour de leur rencontre pendant le week-end, elles s'étaient retrouvées dans un petit café alors qu'Adélina et Léandro se promenaient tous les deux en amoureux. C'est ainsi que Simona avait fait la rencontre de Léandro, voyant plus en lui l'acteur international que l'homme qui rendait sa fille heureuse. Elle avait beaucoup parlé de cinéma, avait cherché à avoir des conseils ou des contacts auprès de Léandro, s'était à peine montrée intéressée par les rebondissements dans la vie de sa fille.

Pourtant, Adélina ne pouvait s'empêcher de ressentir de l'amour pour sa mère, certes, moins intense que pour Nonna, mais c'était sa mère, malgré tout.

Léandro s'était montré poli, avait répondu autant que possible aux questions de Simona, se voulant malgré tout discret sur la vie Hollywoodienne, et avait montré son soutien à Adélina quand Simona les avait finalement quittés après un rendez-vous d'une petite heure et qu'il avait senti la déception se dessiner sur le visage de sa compagne.

_ Ce n'est rien, avait-elle dit en balayant l'air de sa main. J'ai l'habitude… J'aurais pu prénommer ma mère Absence, tellement le vide qu'elle laisse derrière elle est omniprésent.

Léandro s'était contenté de la serrer dans ses bras pour lui offrir tout son soutien, se sentant bien désemparé devant ce manque à combler.

Le couple rentra en France pour honorer leur engagement auprès de Madame Tousseau pour le rendez-vous chez le notaire. Plus exactement, c'est la présence d'Adélina qui était nécessaire pour signer les papiers. Propriétaire. Elle était propriétaire du mas dont elle était tombée amoureuse dans l'enfance. Elle n'avait toujours pas vraiment pris conscience de la valeur de cet héritage. Car une ombre au tableau planait fortement. Elle n'avait plus de travail, et elle se demandait comment elle pourrait finir le mois et manger à sa faim.

_ Ma cocotte ! Que tu es belle ! Tu as un bronzage différent, le soleil d'Hollywood t'a fait du bien dis-moi, chanta Madame Tousseau en accueillant dans ses bras Adélina, qui était passée la prendre avec Léandro, qui avait eu lui aussi le droit d'être serré dans les bras de la vieille dame.

_ Ouh là, même si le voyage était agréable et dépaysant, il était justement un peu trop dépaysant pour moi, répondit Adélina, un peu honteuse.

_ Je dois dire que même moi je suis content d'être rentré et que je sentais comme le mal du pays, ajouta Léandro à l'attention de Madame Tousseau en la serrant dans ses bras.

_ Vraiment ? Vous voilà français, mon petit, et je dirais même plus, provençal ! Il faut dire que quand on vit ici, on ne veut vivre nulle part ailleurs.

Après avoir offert à Madame Tousseau les souvenirs qu'ils avaient ramenés pour elle, que celle-ci ait fait un câlin à chacun de ses petits félins, leur promettant de leur rendre visite chaque dimanche, et chargé la voiture des cartons d'affaires personnelles de leur amie, ils se mirent en route tous les trois, et Léandro eut la bienséance d'attendre dans la voiture.

Trente minutes plus tard, Adélina était donc la propriétaire du mas de Madame Tousseau. En rejoignant la voiture, celle-ci chantonnait, visiblement ravie de s'être délestée de ce poids, tout en tapotant la main de la jeune femme, qui lui tenait le bras.

_ Vous êtes soulagée, Madame Tousseau ? demanda-t-elle doucement.

_ Tu n'imagines pas, ma petite ! Je me sens sereine de

savoir que je vais vivre dans un endroit où je serai en sécurité s'il m'arrive un pépin, et tellement heureuse de savoir que le mas te revient ! Je vous imagine, Léandro et toi, et peut-être un petit bambin dans quelque temps, et tous mes chats vous entourant, et cette image me comble ! Je vis par procuration le bonheur que tu vas vivre et que j'aurais pu vivre si la mort n'en avait pas décidé autrement. Je prends ma revanche en quelque sorte !

_ Je ferai tout pour que cette revanche soit à la hauteur de vos espérances ma petite Madame Tousseau .

Elles rejoignirent Léandro qui les attendait avec un sourire, puis ils prirent le chemin de la résidence pour seniors dans laquelle Madame Tousseau allait s'installer.

Celle-ci était ravie, son petit appartement était coquet et lumineux, les gens de la résidence, personnels comme résidents, étaient accueillants, et il y avait même quelques chats qui profitaient de l'ombre d'un arbre en cet après-midi d'été.

Après avoir aidé Madame Tousseau à vider ses cartons et l'avoir accompagnée au petit café de la résidence pour qu'elle puisse se présenter à certains de ses voisins, ils la quittèrent, après l'avoir serrée dans leurs bras, et l'avoir remerciée pour la dix millième fois pour le mas, remerciement qu'elle balaya d'un revers de main en rigolant.

Ils prirent le chemin du village pour aller saluer Louise et Jules, leur remettre leurs cadeaux de voyage, et récupérer Stella, qui les accueillit à la hauteur du manque que leur absence lui avait causé.

Ensuite, ils passèrent au salon, pour saluer Nonna.

_ *Bella, mio tesoro ! - Ma beauté, mon trésor -*, chanta Nonna en voyant sa petite-fille. Mais que tu es belle ! Léandro, vous me bonifiez ma petite !

_ Nonna... Je ne sais pas trop comment le prendre tu sais, répondit Adélina en riant. Mais... c'est quoi ces cils ? ajouta-t-elle après l'avoir regardée longuement.

_ C'est des extensions de cils, je suis au salon de beauté et j'ai demandé des cils comme les danseuses du Moulin Rouge, et voilà ce qu'ils m'ont fait ! Je suis ravie ! Des yeux de biche comme ma Brigitte, tu vois ! dit-elle en battant des cils.

_ Nonna... tu es impossible !

_ Non, je vis avec mon temps, *mia cara*. Je vais me former pour pouvoir proposer ce service à mes clientes, elles vont adorer ! Et au moins elles viendront chez moi plutôt que d'aller chez l'autre. Bon, elle est douée, je ne dis pas, quand on voit le résultat, mais elle a assez de monde comme ça.

_ Ca va te coûter combien cette histoire de formation ? Tu ne crois pas que tu devrais penser plutôt à ta retraite ?

_ *Caspita ! - Diable* – ne me parle pas de retraite ! C'est pour les vieilles ! Je ne suis pas vieille, je suis dans la fleur de l'âge !

_ Oui, bien sûr, excuse-moi ma Nonna, je dis des bêtises ! Je te soutiens dans ton projet, ne t'inquiète pas.

_ "Nous ne serons jamais trop vieux pour nous réinventer", ajouta Léandro en s'approchant pour saluer Nonna.

_ Ah, vous, je vous aime, *mio bellissimo bambino* – mon beau garçon-, lui répondit-elle en lui claquant une bise sur chaque joue.

_ Mi ! Regardez-moi ces américains ! s'exclama Nonno en entrant dans le salon de coiffure.

_ Mon Nonno ! Tu vas bien ? s'élança Adélina vers son grand-père pour l'embrasser.

_ Mieux maintenant que tu es de retour ma petite. Ne me l'enlevez plus comme ça, vous ! ajouta-t-il en pointant du doigt Léandro tout en lui souriant.

_ Non, promis, on reste ici maintenant ! A ce propos, on ne va pas tarder à rentrer au mas, le décalage horaire est en train de nous assommer, un long sommeil s'impose, mais vous viendriez déjeuner samedi prochain à la maison ? proposa Léandro aux grands-parents d'Adélina.

_ Avec plaisir ! On mènera le dessert ! répliqua Nonno.

_ A la maison... *Mio Dio*, que ça me fait bizarre, ma fille, de savoir que le mas est ta maison maintenant... et Ondine, elle est heureuse dans sa nouvelle résidence ?

_ Elle se porte comme un charme, on dirait une adolescente en colonie de vacances. Elle nous rendra visite tous les dimanches, et moi je passerai à la résidence tous les mercredis.

Ils papotèrent tous encore quelques minutes, puis le

jeune couple rentra au mas, Stella à leurs côtés, pour pouvoir se reposer enfin.

Ils déchargèrent rapidement leurs bagages sans même prendre le temps de les ouvrir pour l'instant. Ils avaient nourri toute la petite tribu féline ainsi que Stella, ce qui était le plus important, filèrent sous la douche pour se rafraichir et se sentir propres, puis firent le lit en vitesse pour se glisser sur un drap qui sentait bon la lessive et s'écroulèrent sans même se dire un mot.

Ils se réveillèrent sept heures plus tard, régénérés, en écoutant le chant des cigales.

_ Alors, belle demoiselle... comment te sens-tu ?

_ J'ai connu pire, répondit-elle en riant. Voyons voir... je vis dans la maison dont je rêve depuis que j'ai posé mes yeux dessus, et au-delà de tout ça, le meilleur dans l'histoire, j'ai tiré le bon numéro en me laissant tomber amoureuse d'un homme idéal pour moi.

_ Ah oui, je suis le bon numéro, alors ? demanda Léandro, mutin, en commençant à la mordiller dans le cou.

Elle lui répondit en gloussant, et ils firent l'amour pour se prouver à l'un et à l'autre combien ils étaient heureux d'être ensemble.

Après leurs ébats, ils descendirent au rez-de-chaussée de la maison pour établir ce qu'il faudrait faire comme changement ou travaux pour parfaire leur petit cocon et se sentir vraiment chez eux, puis se préparèrent à dîner avec des cochonneries qu'ils avaient ramenées des Etats-Unis. Mac and cheese, chips, biscuits ultra sucrés...

_ Bon, demain matin, on va faire des courses, hein..., souffla Adélina en se touchant le ventre.

_ Ça vaut mieux, si on sert ça à ta Nonna, je crois qu'on est bons pour l'échafaud !

_ Et c'est elle qui fera tomber les tabourets !

_ Je n'en attendrais pas moins d'elle !

Ils rirent à s'en tordre le ventre, puis sortirent dans le jardin pour boire une tisane, accompagnés de miaulements et de jappements.

Ils s'installèrent dans la balancelle qui grinça un peu quand ils commencèrent à se balancer.

Le paysage était à couper le souffle. Le ciel commençait à s'obscurcir, laissant naitre les étoiles au-dessus de leurs têtes, les grillons prirent le relais des cigales, et les arbres faisaient chanter leurs feuilles grâce à la douce caresse de la brise d'été.

_ Je n'ai jamais été aussi heureux de ma vie, murmura Léandro. Pour la première fois, je sais, d'une certitude évidente, que je suis là où je dois être. Je me sens chez moi, je sais que je suis avec celle que j'attendais, et je n'ai plus aucun doute sur mon avenir, même si je ne sais pas ce que je vais faire, je n'ai pas peur, je sais que ça ira.

_ Je ressens la même chose. C'est toujours intimidant d'avouer à l'autre ses sentiments profonds, de peur de ne pas être sur la même longueur d'ondes. Mais... si demain devait s'arrêter pour moi, je m'endormirais le cœur léger, parce que je sais que j'aurai enfin goûter au bonheur, dans sa plus pure essence.

_ Demain ne s'arrêtera pas mon amour. Toi et moi, on a de longues années devant nous, j'en suis certain, il ne peut pas en être autrement. La vie ne peut pas nous offrir un tel cadeau pour nous le reprendre, je n'y crois pas. Je t'aime, Adélina.

_ Je t'aime, Léandro.

CHAPITRE 13

La chaleur de l'été réchauffait déjà la cuisine quand Adélina y pénétra pour préparer le petit-déjeuner. Toujours dans son pyjama short en satin et les cheveux relevés en un chignon flou, elle ouvrit la porte à fenêtre qui donnait sur le jardin pour laisser sortir Stella.

Equipée d'une chatière, cette porte permettait à tous les chats du mas d'aller et venir comme bon leur semblait entre la maison et le jardin, mais ils préféraient vraisemblablement l'accès quand la porte était grande ouverte. Ce fut un joyeux concert de miaulements qu'émirent les félins, et avant même de mettre le café à couler, Adélina s'attarda à préparer plusieurs gamelles de pâtés, remplir les autres assiettes en céramique de croquettes fraîches, et servit Stella de sa nourriture habituelle, puis versa de l'eau fraîche dans les bols de la cuisine et du jardin.

Sa tâche accomplie, elle put enfin s'occuper de son repas, ainsi que de celui de Léandro.

Madame Tousseau avait pris l'habitude de découper des tranches de pain et de les congeler, afin d'avoir du pain frais tous les jours à mettre au grille-pain pour le déguster, aussi Adélina continuait à faire de même.

Elle sortit donc quatre belles tartines, qu'elle enfourna dans le grille-pain, mit le café à couler, prépara la table du jardin qui était à l'ombre d'une pergola fleurie par les glycines en y déposant des pots de confiture et de miel ainsi que le beurrier, et eut à peine le temps de se délecter du plaisir de l'odeur qui émanait en cuisine et du bien-être de ce moment simple d'un matin d'été quand elle sentit Léandro l'enlacer tendrement dans son dos.

_ Bien dormi, le beau au bois dormant ? dit-elle en riant et en profitant des doux baisers qu'il déposait dans son cou.

_ Tu exagères, j'ai à peine traîné là ! La nuit a été bonne mais le réveil encore plus. Quel bonheur, cette vie...

Stella en profita pour se rappeler à leur bon souvenir afin d'obtenir aussi des caresses.

Une fois le ventre plein et leur douche prise, ils se mirent en route pour aller au village afin de passer au marché pour acheter des fruits et légumes et au supermarché pour faire le plein d'autres courses pour le déjeuner, puisque c'était aujourd'hui qu'ils recevaient Nonna et Nonno.

Les gens ne cessaient de tourner la tête en apercevant Léandro, certains se demandant si c'était bien la star de cinéma, d'autres se demandant bien où ils avaient déjà vu cet homme, et enfin, ceux qui étaient sûrs de l'avoir reconnu mais n'osant pas venir lui parler.

Adélina s'en amusait, elle qui n'avait jamais ressenti ce type d'émotions à l'égard de Léandro, l'ayant tout simplement pris pour ce qu'il était, un homme plein de richesses intérieures dont la profession était d'être acteur, point.

Au village, elle en profita pour le présenter aux rares personnes qui ne l'avaient pas encore rencontré, la plupart ayant déjà fait sa connaissance lors de l'anniversaire d'Adélina.

Elle croisa Gilberte et Augustin, qu'elle espérait rencontrer justement, et pendant que Léandro tenait la conversation à Augustin, elle prit à part Gilberte pour discuter d'une chose importante.

_ Ma petite Adélina, alors, ça y'est, tu vis au mas ?

_ Oui, depuis hier ! Mais je ne suis pas seule là-bas, donc je m'y sens vraiment chez moi. Je suis contente de tomber sur toi, je voulais te demander, quand souhaites-tu vider la boutique ?

_ Aussi vite que possible ! Je n'en peux plus, je rêve de vacances, de plages de sable blanc, de mer calme et bleue...

_ La mer est toujours bleue, Gilberte ! lui dit Adélina pour la taquiner. A ce propos, j'ai un petit problème. En fait, un gros problème.

_ Ne te mine pas ! Je sais déjà tout. D'abord par Nonna, tu penses, une nouvelle pareille, elle ne pouvait pas ne pas l'ébruiter ! Mais ton beau chevalier est venu me rendre visite. Si tu savais, ça aurait bien aidé ma boutique s'il était venu plus tôt, tu n'imagines pas la publicité que ça fait !Bref. Il m'a tout expliqué, on a trouvé un accord. C'est qu'en plus d'être beau et doué dans son art, c'est un sacré homme d'affaires. Enfin tu verras ça avec lui, sache en tout cas que c'est réglé, la boutique est à toi. Profite de la vie qui s'offre à toi

Adélina, et ne pense plus à ce ticket perdu. Tu as trouvé un homme formidable pour vivre à tes côtés, dans une maison magnifique, et tu vas pouvoir faire le travail dont tu as toujours rêvé. C'est bien là l'essentiel.

_ A qui le dis-tu Gilberte! Je ne pouvais pas rêver mieux. J'ai compris que l'argent ne faisait pas tout, en effet. J'ai eu peur de perdre Léandro, alors que je n'ai pas eu peur de perdre ce ticket.

De retour au mas, Adélina et Léandro s'attelèrent à la préparation du déjeuner.

_ Je me trompe ou tu viens de me faire un cadeau énorme ? demanda-t-elle en plaisantant.

_ C'est un cadeau intéressé. Je compte bien recevoir des bénéfices de cet investissement !

_ Mais la boutique est vraiment à nous ?

_ Je plaisantais ! Oui, la boutique est à toi. A toi, Adélina, pas à nous.

_ C'est du pareil au même. Ce qui est à moi est à toi Léandro. Comme cette maison. Mais merci, infiniment.

Elle l'embrassa tendrement pour lui témoigner ses sentiments avant de reprendre les préparatifs du repas.

Pour l'occasion, ils avaient décidé de proposer un barbecue, qui serait composé de merguez et autres viandes à griller pour Nonna et Nonno, mais pour le jeune couple, il serait fait de plats identiques en version végétarienne, aussi Léandro s'occupa de tout préparer pour que le feu prenne, pendant qu'Adélina était en cuisine pour faire des saladiers de salades de pâtes et de riz.

La table dressée, avec l'apéritif déjà posé dessus, ils entendirent l'interphone les prévenant de l'arrivée de Nonna et Nonno, bien que Stella sautât tellement joyeusement qu'ils comprirent que leurs invités étaient arrivés.

Ils déclenchèrent le portail automatique à distance pour leur ouvrir l'entrée, et le gravier chanta sous les pneus de la voiture quand ils parvinrent à l'entrée du mas.

_ *Mio dio !* , s'exclama Nonna. Qu'elle est belle cette maison !

_ Nonna ! Mais tu la connais déjà, non ? demanda Adélina en embrassant sa grand-mère.

_ Oui, mais c'était il y a tellement longtemps... Enfin, non pas que je sois vieille, n'allez pas vous méprendre, tous, hein.

_ Mais non mon aimée, on le sait tous que tu n'as que vingt ans, la taquina Nonno.

_ *Polentoni fascisti ! - insulte italienne -* , répondit Nonna, faussement vexée.

_ *Cara*, il faut que je t'aime pour que j'accepte toutes tes insultes, ne doute jamais de mon amour !

_ Bon, vous avez fini tous les deux ! les sépara Adélina en riant de leurs bêtises.

_ Ta grand-mère est extraordinaire, quand même, lui glissa Léandro à l'oreille alors qu'il s'apprêtait à saluer les invités.

Le repas se passa très bien, la bonne humeur était visible, la joie enveloppait tout le monde, même Stella et la petite troupe féline se mouvaient dans le plaisir et la délectation, picorant un peu du repas en paraissant au soleil.

Pour profiter du café, qui se transforma en café gourmand, les deux couples s'installèrent un peu plus loin de la terrasse, pour profiter des transats, à l'ombre des arbres.

_ Il manque une piscine, ici, si je peux me permettre, lança Nonna.

_ On en parlait avec Adélina, justement, hier soir, intervint Léandro. Mais on préfère en parler à Madame Tousseau, avant de toucher à son jardin. Comme pour les changements qu'on aimerait faire à l'intérieur.

_ *Mamma, perché ? - mais enfin, pourquoi -,* s'étonna Nonna. Elle est à vous cette maison, maintenant, Ondine vous l'a donnée, offerte, léguée quoi !

_ Par respect, Nonna... c'est compliqué pour nous, on ne se sent pas encore vraiment chez nous. Et puis même si sur le papier la maison est à mon nom, je vis dans le respect de Madame Tousseau , répondit Adélina.

_ *Mia figlia... - mon enfant -,* je ne sais pas comment je t'ai élevée, mais on n'est pas pareilles quand même.

_ Et Dieu merci ! cria Illarione, bras grand ouverts en regardant le ciel, pour plaisanter.

Tout le monde rigola de cet échange piquant et amusant, puis les deux femmes allèrent en cuisine pour tout ranger et faire la vaisselle, laissant Illarione et Léandro se reposer pour digérer.

_ Illarione, je voulais vous dire... Je suis extrêmement heureux et honoré de partager la vie de votre petite-fille, lança respectueusement Léandro.

_ Je le sais mon garçon, je n'ai rien à faire de plus que de regarder comment tu la regardes, les yeux que tu poses sur elle, pour savoir ça.

_ J'en suis ravi alors, si mon amour est si visible que ça.

Léandro se gratta la gorge, puis reprit.

_ En fait, j'ai une petite demande à vous faire.

_ Je t'écoute, mon garçon...

_ J'aimerais vous demander la main de votre petite-fille.

_ Madone ! C'est un grand moment ça ! Je ne pensais pas que les jeunes d'aujourd'hui pratiquaient ce genre de coutume. Les gens s'aiment, se désaiment, s'attachent et se jettent... Quelle cagade, si tu veux mon avis...

_ Ce n'est pas dans mes intentions si cela peut vous rassurer.

_ Oh, ne t'inquiète pas, je me parlais à moi-même ! Un garçon qui demande au père de la jeune fille l'autorisation de l'épouser, ça, ça ne doit pas courir les rues. Je me doute bien que tu ne la quitteras pas pour un rien !

_ Alors est-ce que cela veut dire que vous acceptez ?

_ Evidemment, mon garçon ! Tu as mon consentement, et ma bénédiction !

Ils se levèrent pour se serrer la main, puis Illarione attira Léandro dans ses bras et lui tapota l'épaule.

_ Je suis heureux que ma petite Adélina ait eu la chance de trouver un garçon comme toi. Elle m'a dit que tu n'avais plus de père à tes côtés, alors sache que si tu as besoin de quoi que ce soit, à partir d'aujourd'hui, tu peux me considérer comme ton père, enfin, ton grand-père, de substitution !

_ J'en suis honoré, Illarione.

Ils rejoignirent les femmes en cuisine pour les aider à tout ranger, puis Honoria et Illarione prirent congé du jeune couple pour les laisser se reposer, la fatigue du voyage se lisant sur leurs visages.

En remontant dans la voiture et après avoir quitté le domaine, alors qu'ils étaient sur le chemin du retour, Illarione taquina sa femme.

_ Je connais un secret dont tu n'as même pas idée ma petite cocotte !

_ *Malizioso !* - *malicieux* -, répondit-elle. Dis tout ou dis rien, mais ne joue pas à ce jeu avec moi !

_ Le petit Léandro va demander en mariage notre petite Adélina !

_ *Mio dio* ! hurla presque Honoria. Et pourquoi il ne m'en a pas parlé à moi ? Et pourquoi vous conspirez ensemble tous les deux ! Oh là là Léandro di Oltéo comme gendre ! *Macché !* - *mais non* -, comment je vais m'habiller moi ?! Et ma petite Adélina ! Oh *mio dio!* Il a entendu mes prières !

_ Aïe, aïe, aïe, elle m'a pété une durite !

_ *E cosa ? - Et quoi ? -*, tu ne te rends pas compte toi !

_ Je me rends surtout compte que notre petite va être heureuse, je me suffis de ça !

_ Evidemment, ne te méprends pas. Mais j'ai aussi le droit d'être un petit peu contente pour moi.

_ Si tu le dis...

De leur côté, au mas, l'euphorie n'était pas la même. D'abord parce qu'ils étaient épuisés et qu'une sieste leur était nécessaire, ensuite parce qu'Adélina était loin de se douter de quoi que ce soit, et enfin parce que Léandro était angoissé, car il voulait que sa demande soit parfaite.

Il avait déjà acheté la bague, commandé un repas dans un excellent restaurant, préparé un grand panier pour y ranger le repas qu'ils iraient récupérer avant d'aller manger, pour ensuite se rendre sur le lieu qu'il avait déjà repéré afin d'y faire sa demande, et il avait même entrainé Stella pour faire un petit tour, car elle allait participer à tout ça.

Malgré tout, il parvint à s'endormir une petite heure. A son réveil, le soleil commençait sa descente, et la lumière du jour s'était faite plus douce, en attendant de s'éteindre d'ici quelques heures.

Il prit une douche, s'habilla élégamment mais sans trop de sophistication, puis caressa la joue d'Adélina, qui commençait à se détendre sur le lit, avec deux chats autour d'elle en train de ronronner.

_ Je sors faire une course, à mon retour, je t'enlève pour une petite soirée romantique. Tu penses être prête d'ici une heure ? lui murmura-t-il à l'oreille avant de l'embrasser dans le cou.

_ Une soirée romantique ? Je suis gâtée ! Oui compte sur moi, je serai même prête avant, lui répondit-elle en tendant ses lèvres pour attraper un baiser.

Elle se prépara donc, s'occupa de ses petits colocataires, et finalement il lui fallut presque l'heure pour tout faire, elle était donc tout juste prête quand Léandro revint au mas.

_ Prête, la plus belle ?

_ Tout juste !

Stella en profita pour aboyer, ce à quoi Léandro répondit par un clin d'œil et Adélina lui ouvrit la portière.

_ Bien sûr qu'on ne serait pas sortis sans toi, ma pépette, lui dit Adélina en la caressant, avant de prendre place dans la voiture à côté de son amoureux. Et sinon, beau blond, où m'emmènes-tu ?

_ Tu vas voir, c'est un petit coin magnifique, rien de trop extravagant, ne te méprends pas surtout, on sera juste tous les trois.

_ Ça me va complètement, je n'aurais pas eu la force physique de fouler les rues de Saint-Tropez et de me frotter au flot de touristes, ce soir.

_ Toujours autant fatiguée par le décalage horaire ?

_ Un peu quand même... Toi moins j'imagine, mais tu as

plus l'habitude que moi !

_ Peut-être, mais si ça persiste, il faudra songer à voir le médecin quand même. Le décalage, ça dure un jour ou deux, pas presque une semaine.

_ Promis ! En attendant, profitons de cette soirée, ce sera le meilleur remède à ma fatigue !

Ils gravirent un petit chemin de terre pour rejoindre une falaise où Léandro se gara.

Il sortit de la voiture, ouvrit le coffre et installa tout le contenu du coffre : nappe, panier, vaisselle, plats avec cloches et fausses bougies pour éclairer leur table d'appoint. Adélina, pendant ce temps, ouvrait la portière à Stella, et quand elle se retourna, elle découvrit ce que Léandro faisait.

_ Mais dis, tu as sorti les grands moyens ! On fête quelque chose ?

_ Installe-toi ! Je voulais juste te faire plaisir.

Adélina s'assit sur la couverture chaude qui était déposée près de la nappe. Léandro souleva les cloches des plats, qui avaient conservé la chaleur des mets, et une agréable odeur se dégagea instantanément.

Dans la lumière, certes, artificielle, ils dégustèrent leur repas, aux notes d'Italie, en savourant littéralement chaque bouchée, se régalant tout en papotant des choses à faire pour la semaine à venir.

_ Donc cette semaine, toi et moi, on signe des papiers importants pour nos carrières ! lança joyeusement Adélina.

_ C'est le moins qu'on puisse dire... entre toi et la boutique, et moi et ma société de production, nos vies vont prendre un autre tournant. Mais ce sera positif et constructif.

Pour le dessert, ils décidèrent de déplacer leur couverture pour se rapprocher en sécurité du bord de la falaise, afin de pouvoir profiter de la vue sur la mer. De grands pins surplombaient le paysage, offrant un décor à couper le souffle.

Les vagues venaient gentiment caresser les rochers en contrebas, offrant une douce mélodie qui aurait pu apaiser n'importe quel stressé, et le ciel et ses étoiles se reflétaient dans la mer.

Stella vint s'installer entre eux, attendant le signal de son humain pour jouer son petit rôle.

En attendant, ils savourèrent un délicieux tiramisu, Adélina posant sa tête sur l'épaule de Léandro, en soupirant de bonheur.

Il attendit un petit moment avant de se décider à faire le grand pas. Il se racla la gorge, ce qui fit relever la tête à Adélina, qui le regarda avec curiosité.

_ Tout va bien ? demanda-t-elle, presque somnolente.

_ Oui, toujours, si tu es là à mes côtés, répondit-il pour la rassurer, tout sourire. Le truc, c'est que...

_ Oui ? Tu m'inquiètes, là ! Ne me dis pas que cette soirée magnifique est organisée pour m'annoncer quelque chose de moins magnifique, hein !

_ Attends, laisse-moi te dire les choses... Je te disais que je ne peux qu'aller bien si tu es là à mes côtés, et je n'ai pas envie que ça s'arrête un jour. Je ne suis plus si jeune finalement, aussi, quand je te dis que j'ai mis du temps à enfin te trouver, c'est réel, pendant toutes ces années, je me suis laissé errer dans ce désert sentimental en me laissant abreuver par une illusion d'amour de temps en temps, mais toi, tu as été mon oasis, celle que je cherchais, et aujourd'hui, je ne peux plus vivre sans toi. Même si ça ne fait pas longtemps qu'on se connait, je n'ai pas besoin de plus de temps pour savoir que tu es celle qui m'était destinée. Et c'est pour ça que je voulais te poser une question, toute simple finalement... Adélina, accepterais-tu de devenir ma femme ?

Après avoir plongé un regard intense dans les yeux d'Adélina tout en lui tenant les mains, il murmura un rapide "Stella" pour lui indiquer qu'elle pouvait aboyer et se lever pour se planter bien devant la jeune femme.

Adélina questionna Léandro d'une mimique sur son visage, et celui-ci acquiesça pour l'inviter à ouvrir le petit écrin accroché au collier de Stella.

Elle caressa Stella avec un sourire, s'empara de l'écrin, les mains tremblantes, puis l'ouvrit. Une magnifique bague y logeait, sobre et élégante, sans être tape à l'œil mais suffisamment brillante pour prouver de sa qualité.

Léandro récupéra l'écrin, attrapa la bague, se tourna pour être bien face à elle, puis, un genou à terre, il réitéra sa question.

_ Adélina, dit-il dans un murmure. Acceptes-tu de m'épouser ?

Elle regarda la bague, puis remonta sur le visage de Léandro, et s'exclama enfin dans un rire.

_ Oui ! Oui, j'accepte, bien sûr que j'accepte !

Elle se jeta sur lui pour agripper son visage de ses mains et l'embrasser, sans qu'il n'ait le temps de s'y attendre.

_ Tu permets ? la questionna-t-il en montrant la bague.

Elle tendit enfin sa main afin qu'il puisse glisser la bague de fiançailles à son annulaire gauche.

Ils s'embrassèrent à nouveau, Stella jappant à leurs côtés, puis, après un moment de planitude à rêver encore à leur avenir, ils se décidèrent à rentrer chez eux.

CHAPITRE 14

Aujourd'hui, le champagne allait être sabré en bonne compagnie. Il y avait trois évènements à fêter. D'abord, les fiançailles d'Adélina et Léandro, puis l'acquisition de la boutique pour elle, et la création de la société de production pour lui. Nonna et Nonno étaient invités, ainsi que, bien entendu, Louise et Jules, et Madame Tousseau, pour qui c'était le jour de sortie. D'ordinaire, elle venait passer la journée au mas, mais évènement oblige, le jeune couple l'avait invitée au restaurant, pour ce midi, et ils finiraient la journée au mas pour qu'elle puisse voir ses chats.

C'est donc dans un charmant restaurant de Saint Tropez qu'ils avaient décidé de se retrouver.

Adélina et Léandro passèrent prendre Madame Tousseau à sa résidence, puis ils rejoignirent tout le monde au restaurant.

L'endroit était magnifique, idyllique. Un genre de paillote qui donnait directement sur la mer, avec les pieds dans le sable, le tout dans un décor faussement sophistiqué.

Tout le monde se salua, s'embrassa, et alors qu'ils étaient tous à peine assis, attendant l'apéritif, à l'exception de Nonna et Nonno qui étaient déjà au courant, tous furent éblouis par la bague que portait Adélina à son annulaire.

_ Lina ! s'exclama Louise. C'est quoi ça ? demanda-t-elle en pointant de son doigt le bijou.

_ Ma petite, sauf erreur de ma part, il s'agit d'une bague de fiançailles, et pas de pacotille, si je peux me permettre, mon cher Léandro, intervint Madame Tousseau.

_ Mais non ! cria presque Louise.

_ *Ma, si !* Oh, mon Illarione m'avait prévenue, mais je suis tellement émue, *la mia bambina ! - mon bébé -*, scanda Nonna.

_ Oui, bon, comme vous l'avez tous deviné, constaté… Léandro et moi, on va se marier ! déclara Adélina. Mais Louise, Jules, n'ayez aucune crainte, on ne vous volera pas la vedette, on attendra l'année prochaine pour notre grand jour, pour l'instant, c'est le vôtre qui prime.

_ Tu rigoles ! Je n'ai même pas pensé à ça, hein Jules ? On aurait même pu faire un double mariage ! s'extasia Louise.

_ Alors, Adélina, Léandro, je suis très heureux pour vous et je vous présente toutes mes félicitations, mais non, Louisette, pas de double mariage, sans vouloir offenser personne, intervint Jules.

_ Pas d'inquiétude, je suis du même avis, ajouta Léandro en rigolant.

_ Bon, les enfants, il fait soif, on se le boit cet apéro ? Pastaga pour moi, et pour vous ? plaisanta Nonno, plus pressé de boire que de papoter pour fêter l'évènement.

L'ambiance était à la fête, tout le monde discuta de

sa vie, des choses qui évoluaient, Madame Tousseau racontant son planning bien chargé à sa résidence sénior, Nonna évoquant sa future formation esthétique en battant des cils, Louise et Jules détaillant l'avancée des préparatifs du mariage, Adélina et Léandro confirmant leurs projets professionnels, et Nonno écoutant ce petit monde en dégustant son apéro en picorant des cacahuètes.

Le repas fut excellent, et entre l'apéritif, le plat, et le dessert, Adélina invita d'abord Nonna, puis Louise, pour un petit aparté en privé, les pieds dans l'eau, le regard dans les vagues.

_ Ma petite Nonna, dit-elle en la serrant par les épaules alors qu'elles étaient assises dans le sable.

_ Lina, *mia cara*, tout va bien ? Tu me fais peur !

_ Mais oui, tout va bien. C'est juste qu'avec tout ce chamboulement, j'ai eu peur qu'on se s'éloigne.

_ Mais non *mia cara*, ça n'arrivera jamais. Même ce beau blond aux yeux bleus n'y parviendra jamais!

_ Ce n'est pas dans ses intentions, crois-moi.Le sens de la famille est important à ses yeux. Il a de vraies valeurs.

_ Et je suppose que c'est pour ça que tu l'aimes...

_ Si tu savais...

_ Je le sais, *tesoro mio - mon trésor -*, lui dit Nonna en la serrant dans ses bras. Bon, maintenant, dis-moi vraiment, comment tu te sens ?

_ Comment je me sens ? Parfaitement bien ! Je ne

pourrais rêver mieux.

_ Lina... je ne sais pas si tu as conscience des choses...

_ Que veux-tu dire, Nonna ? Je suis heureuse, tu sais ! Juste un peu fatiguée depuis notre retour des Etats-Unis, mais sinon tout va bien.

_ Tu es fatiguée pour une raison, *mia bambolina - ma poupée -*. Tu n'as pas une petite idée ?

_ Je ne sais pas...

_ Je sais que tu ne sais pas... Oh, que la jeunesse est belle ! J'aimerais avoir encore ton âge, mon cœur...

_ Nonna... ?

_ Ah, oui, *scusa – pardon -*. Sauf erreur de ma part, et je ne me trompe jamais, je pense que tu nous prépares un bel évènement à l'intérieur de ton petit ventre, Lina.

_ Hein ?

_ Tu es enceinte, Lina !

_ Hein ?

_ *Mio dio* ! Je pense que tu vas avoir un bébé, pitchounette ! Bon... Je dis ça, je ne dis rien, vérifie quand même avant.

_ Mais non, Nonna, ce n'est pas possible, je ne vois pas comment...

_ Comment ça ? Léandro et toi, vous faites bien des galipettes, non ?

_ Nonna !

_ Oh, allez, je ne suis pas née d'hier. Donc tu sais très

bien comment on fabrique un bébé !

_ Evidemment...

_ Donc, tu sais très bien que c'est de l'ordre du possible !

_ Oui...

_ *Bene.*

_ Nonna... ! cria presque Adélina, inquiète.

_ Ca va aller ma pitchounette, dit-elle en la prenant dans ses bras. En plus, tu as Léandro à tes côtés. *Tutto andrà bene – tout ira bien -.*

Elles rejoignirent la table après s'être remises de leurs émotions, puis le repas reprit son cours, non sans mal pour Adélina, qui avait l'esprit bien ailleurs.

Après le plat principal, ce fut au tour de Louise d'avoir son moment avec sa meilleure amie.

Plutôt que de s'asseoir dans le sable, elles décidèrent de marcher un peu. Le soleil s'était un peu voilé, aussi, la chaleur était plus supportable, mais la plage était toujours aussi agitée de monde.

_ Alors, comment ça va toi, ma Lina ?

_ Moi ? C'est plutôt à toi qu'il faut poser la question ! Le grand jour approche, tu le vis comment ?

_ Je ne tiens plus ! Je voudrais déjà y être, tu n'imagines même pas. Être officiellement une Madame, porter le nom de mon Jules, me sentir épouse... tu dois ressentir la même chose, non ?

_ Pour moi, c'est encore trop tôt, je n'ai même pas encore pris conscience que je vais me marier ! Pour toi, à une semaine de ton Grand Jour, je peux comprendre que l'impatience te gagne ! Et à propos de ton mariage, je voulais te faire un petit cadeau en avance.

_ Un petit cadeau ? Dans une enveloppe ? Je suis curieuse de savoir ce que c'est ! Je peux l'ouvrir maintenant ou je dois attendre mon mariage ?

_ Tu peux l'ouvrir maintenant, comme ça tu pourras t'organiser avec Jules.

Louise fit des yeux ronds, surprise, puis ouvrit l'enveloppe, dans laquelle elle découvrit deux billets d'avion ainsi qu'une brochure.

_ Je ne suis pas sûre de comprendre.

_ C'est notre cadeau de mariage, pour Jules et toi, de la part de Léandro et moi. Deux billets d'avion pour la Polynésie française, car je sais que tu rêves d'y aller depuis toujours. La brochure, c'est l'hôtel dans lequel vous résiderez, avec les excursions possibles, les découvertes à faire, bref, tout ce que vous pourrez y faire, en sachant que la carte, collée à la brochure, vous donne accès à tout ce que vous voudrez, la facture nous sera ensuite envoyée, vous n'avez qu'à la présenter pour avoir l'autorisation de faire vos activités, choisir vos restaurants, les cocktails, etc...

_ Mais c'est de la folie ! Je ne peux pas accepter, on ne pourra pas dire oui avec Jules !

_ Soit tu acceptes, soit je refuse mon rôle de demoiselle d'honneur ! C'est à prendre ou à laisser.

_ Tu ne ferais pas ça ?

_ Oh que si ! Je te dis que ça nous fait plaisir de vous faire ce cadeau ! Laisse-nous vous gâter comme on en a envie !

_ Lina... je ne pourrai jamais te remercier à la hauteur de ce cadeau... d'autant que cette année, on n'a pas pu partir en Italie comme chaque année, pour pouvoir organiser le mariage... je me sens un peu fautive...

_ On se rattrapera... et pour les remerciements, je suis sûre que tu sauras... quand on aura des enfants, et que je te laisserai ton ou ta filleul(le) pour s'amuser avec tes petits parce que j'aurai besoin de souffler par exemple...

_ J'accepte le deal ! dit Louise en riant.

Heureusement, elle ne saisit pas l'allusion de son amie, qui, elle, se rendit compte qu'elle avait gaffé sans le vouloir.

Après s'être prises dans les bras, elles retournèrent à table, pour terminer le repas, les desserts n'allant pas tarder à arriver.

Quand elles se rassirent, les hommes poussèrent un soupir de soulagement, s'impatientant de goûter enfin les mets sucrés du restaurant.

Léandro en profita pour proposer de fêter enfin tout ça dignement avec une bouteille de champagne, ce qui provoqua une crise de panique chez Adélina, sachant que si Nonna avait raison, il était hors de question qu'elle trempe, ne serait-ce que les lèvres, dans un verre d'alcool.

Elle lança un regard implorant à Nonna, la seule à être

dans la confidence, qui prit les choses en main.

_ Je vais aller faire un tour aux toilettes, je vais en profiter pour commander les coupes de champagne, ne bougez pas.

Adélina fut soulagée que sa grand-mère prenne les choses en main, même si elle ne savait pas vraiment comment Nonna allait se débrouiller.

Celle-ci alla donc au comptoir pour passer commande auprès du barman.

_ Bonjour mon petit, j'ai une requête particulière à vous faire. Vous voyez la table là-bas ? Bien, nous voudrions des coupes de champagne, mais pour la jeune femme toute jolie et pimpante que vous voyez à côté de Monsieur Di Oltéo, la mignonne petite brunette, il faudra un verre de mousseux sans alcool. Vous pourriez faire ça pour nous ?

_ Bien entendu Madame, je prépare ça et vous les apporte.

_ Merci mon petit. Et surtout, pas de faux pas hein, personne ne doit savoir que mon Adélina boit un verre sans alcool, si vous voyez ce que je veux dire.

_ N'ayez aucune crainte.

Elle le remercia une dernière fois, lui glissa un généreux pourboire sur le comptoir, puis retourna à table, sans même être allée aux toilettes.

Quand le serveur arriva, il lui fit un clin d'œil discret, déposa les coupes, et invita tout le monde à boire sans modération, faisant allusion, sans en avoir l'air, à la consigne de Nonna.

Les verres tintèrent, les "santé" et "à la vôtre" résonnèrent, et Adélina murmura un silencieux "merci" à Nonna, qui lui renvoya un baiser presque invisible.

La journée se termina au mas, les hommes ayant décidé de faire une partie de pétanque, et les femmes de se détendre au soleil.

Adélina aurait voulu leur demander conseil sur ce chamboulement qu'elle était en train de vivre, mais elle trouvait que cela aurait été un manque de respect envers Léandro, qui, en dehors de Nonna, devait être le premier à apprendre pour la grossesse, si grossesse il y avait bien.

Aussi, pour penser à autre chose, elles papotèrent ensemble des derniers préparatifs à faire pour le mariage. Tout était prêt finalement, il n'y avait plus qu'à décorer la place du village pour le jour J, avec les chaises, les fleurs, et l'arche, mais cela devrait attendre encore quelques jours, puisque tout ne pourrait être mis en place que la veille du mariage.

Quand tout le monde se décida à partir, il fut temps de ramener Madame Tousseau chez elle. Adélina proposa à Léandro de la raccompagner, prétextant le désir de passer un moment entre filles avec sa vieille amie, pour qu'elle puisse s'arrêter à la pharmacie afin d'acheter un test de grossesse.

_ Alors ma petite, que de chamboulements, n'est-ce-pas ?

_ Euh, oui, c'est vrai ! Mais ce n'est que du positif, alors tout va bien.

_ Bien sûr, tu as raison. Et comment te sens-tu ma petite ? Pas trop de désagréments physiques ? Pour mon garçon, je n'avais eu aucune nausée lors de mon premier trimestre. Il parait que c'est tout le contraire pour une fille... Va savoir...

Adélina pila presque, freinant brusquement. Heureusement qu'il n'y avait personne derrière sa voiture, sinon, elle était bonne pour un constat. Elle se fit d'ailleurs la réflexion qu'il était temps qu'elle s'achète une voiture à elle, car, concrètement, c'était la voiture de Léandro qu'elle conduisait, et à qui elle avait évité de justesse l'accident.

_ Oh, ma pitchounette ! Ne sois pas étonnée. J'ai été une maman moi aussi. Je connais très bien le teint qu'offre une grossesse, la fatigue qu'elle occasionne, et la joie qu'elle apporte aux hommes en leur servant sur un plateau une poitrine gonflée.

_ Madame Tousseau !

_ Appelle-moi Ondine, tu veux. Je n'en peux plus du Madame, ma toute belle ! Alors, dis-moi, tu l'as dit à ton bel amoureux ?

_ Non... Je ne le savais pas moi-même ! C'est Nonna qui me l'a appris, aujourd'hui. Et vous me le confirmez je dois dire.

_ Quel bonheur ! Pourvu que la vie me laisse le temps de connaître ce petit bout de chou.

_ Ah non, Ondine ! Ne parlez pas de malheur hein !
Bon, donnez-moi un conseil. J'annonce la nouvelle
comment à Léandro ?

_ Déjà, on va aller t'acheter un test de grossesse. Tiens,
arrête-toi là, on va aller à la pharmacie.

Elles allèrent donc acheter non pas un, mais trois
tests de grossesse, pour s'assurer qu'Adélina était bien
enceinte, non pas sous l'avis d'Ondine, qui était bel
et bien certaine de l'évènement, mais Adélina l'avait
décidé ainsi, craignant un faux positif. Elles passèrent
ensuite dans une papeterie pour acheter une belle
enveloppe avec du papier de correspondance aux
motifs de naissance, puis rentrèrent à l'appartement de
la vieille dame.

_ Allez, zou, va faire pipi, je t'attends dans le salon ma
toute belle.

Adélina fit donc ses trois tests, peinant à arrêter
d'uriner entre chaque test, mais au moins, le devoir
était fait, il ne restait plus qu'à attendre le résultat sous
trois minutes.

Mais elle s'était à peine lavé les mains que les
tests furent tous les trois unanimes, ne laissant
aucun étonnement à Ondine. Les larmes montèrent,
l'émotion la submergea, et elle fondit en sanglots dans
les bras de son amie.

_ Bien, voilà, ça, c'est fait, il ne te reste plus qu'à écrire
sur ce joli papier "bientôt, nous serons trois", tu le
glisses dans l'enveloppe avec les tests, et hop, tu donnes
ça à ton cher et tendre !

_ Vous êtes géniale, Ondine ! On dirait que vous avez l'habitude de ce genre d'annonce surprise ! dit-elle en s'essuyant les yeux.

_ Non, disons plutôt que je suis friande de lecture romantique !

Elles se serrèrent dans les bras après que la surprise en question soit prête, puis Adélina rentra au mas pour retrouver Léandro, et lui annoncer la nouvelle, qu'elle espérait bonne pour lui. Pour elle, ça l'était, même si elle n'arrivait pas encore à se rendre compte de ce qu'il se passait. Un petit être était en train de se créer au creux d'elle, une petite chose qu'elle avait fabriquée avec l'homme qu'elle aimait, et elle se fit la réflexion que la vie n'en finissait pas de lui réserver des cadeaux extraordinaires.

Quand elle arriva au mas, toujours accueillie par des miaulements adorables et les jappements de Stella, Léandro était sous la douche.

Elle en profita donc pour préparer en vitesse la petite table du jardin avec quelques bougies, et la fameuse lettre, qu'elle déposa au milieu, s'assurant d'allumer les bougies au dernier moment pour ne pas prendre le risque que sa surprise prenne feu !

C'est donc lorsqu'elle vit Léandro apparaitre en haut des escaliers qu'elle se faufila dans la cuisine, puis sortit dans le jardin pour allumer les bougies avec ses allumettes, ce qu'elle réussit à faire péniblement, car elle tremblait comme une feuille.

_ Lina ? appella-t-il.

_ Dans le jardin !

Quand il arriva, les cheveux encore humides, il fut étonné de voir sa compagne assise à la table, étrangement décorée de bougies et d'une enveloppe.

_ Qu'est-ce que c'est ? Encore une enveloppe ? Je t'ai vue en distribuer aujourd'hui ! dit-il en souriant et en l'enlaçant.

_ Effectivement, j'avais des petits cadeaux à distribuer... Et là... c'est à ton tour !

_ Tu n'as pas de cadeau à me faire mon amour, c'est toi le plus beau cadeau !

_ Oui, peut-être, mais celui-ci est un peu particulier, et puis c'est un cadeau pour toi et moi finalement...

_ Intéressant... Je dois deviner ou je peux l'ouvrir directement ?

_ Ouvre !

De ses doigts délicats, il décacheta l'enveloppe, dans laquelle il sentit un léger poids. Il la retourna donc pour en faire glisser les objets, la stupéfaction mêlée à l'interrogation se lisant sur son visage, puis il lut la lettre, releva sa tête pour plonger son regard dans celui d'Adélina, qui pleurait déjà, puis murmura dans un sanglot étouffé.

_ On va avoir un bébé ?

_ Je crois bien que oui !

_ On va avoir un bébé... on va avoir un bébé ! cria-t-il en attrapant Adélina dans ses bras et en la faisant tournoyer.

D'abord la question, puis l'affirmation, puis l'exclamation.

_ Mon cadeau te fait plaisir ?

_ S'il me fait plaisir ?! Je n'ai même pas les mots pour te dire à quel niveau tu me combles ! Comment te sens-tu ? C'est de là que venait ta fatigue, alors ?

_ Ca se pourrait bien… j'irai voir le docteur bientôt.

_ Je t'accompagnerai, évidemment. Je t'accompagne partout, maintenant. Je vous accompagne partout, ajouta-t-il en lui caressant le ventre tout en l'embrassant.

Sous la lumière du soleil qui déclinait, le mas brillait d'un bonheur qu'il avait déjà connu plusieurs décennies auparavant, lorsqu'Ondine avait annoncé à son époux André qu'elle attendait leur premier enfant.

CHAPITRE 15

Adélina avait un peu chaud. Même si le mois de septembre touchait à sa dernière semaine, les températures ne descendaient jamais en dessous des 25 degrés l'après-midi. Pour autant, c'était plus l'excitation que la météo qui offrait cette chaleur intérieure à la jeune femme. Aujourd'hui, c'était son grand jour. Car même s'il y a un mois, elle était tout juste fiancée, quatre semaines plus tard, elle allait dire oui à l'homme de sa vie, au papa du petit bébé qui grandissait en elle.

Le mois avait défilé à une vitesse plus qu'extrême. Le 2 septembre, elle avait accompagné toute la journée sa meilleure amie, l'aidant à se maquiller, à se coiffer, à se parer d'une belle robe blanche, pour son mariage. Ce jour-là, la fête avait été au rendez-vous. Louise et Jules, d'un commun accord, n'avaient pas souhaité passer à l'église, aussi, la cérémonie avait eu lieu directement sur la place du village. La veille, tout l'entourage des mariés avait décoré le lieu, disposant de jolies chaises en rang, les décorant de fleurs, enroulant des lumières et lampions dans les arbres. Le lendemain, quand les mariés étaient arrivés sur place, ils avaient été subjugués par la beauté du lieu, et avaient remercié tout le monde pour leurs efforts.

Le soir, une fois le mariage célébré, ils avaient dîné et fait la fête, directement sur place, le restaurant de Toni ayant été privatisé pour l'occasion, des tables ayant été dressées directement du restaurant jusqu'à la place. L'ambiance était joyeuse et festive, à l'image d'un bal du 14 juillet, comme les villages savaient si bien les faire.

Ce jour-là, Adélina et Léandro avaient déjà décidé d'organiser leur mariage le plus vite possible, avant même que la grossesse de la jeune femme ne se voie. Décision commune avait été prise de fêter ce grand jour le 30 septembre, jour où ils annonceraient également attendre un heureux évènement. Mais ils avaient aussi décidé d'attendre que Louise et Jules soient mariés pour envoyer les invitations, afin de ne pas leur voler leur grand moment.

Adélina s'était vite rendu compte qu'avec de l'argent, il était possible de faire beaucoup de choses, et très rapidement. Mais elle était contente de ne pas être à la tête de cette "fortune", et que ce soit Léandro qui gère tout ça. Pas une fois elle n'avait regretté d'avoir perdu ce ticket de loterie. Pour les festivités, elle comme son futur mari souhaitaient un mariage simple, mais tout de même, faire un chèque avec une coquette somme permettait d'écourter grandement certains délais.

Entre le mariage de sa meilleure amie et le sien, Adélina avait pu investir les lieux de sa nouvelle boutique, en faisant promettre à Gilberte de ne pas partir tout de suite, afin d'être là pour son mariage, requête qu'elle avait également faite à Louise pour qu'elle ne parte en voyage de noces qu'un peu plus tard dans l'année.

Là encore, avec de l'argent, Léandro avait pu faire certaines demandes auprès de certains artisans et fournisseurs qui avaient été honorées en temps et en heure.

Trois jours avant son mariage, la boutique était terminée. L'ensemble était fait d'élégance et de "mignonneté", comme avait dit Ondine.

Des boiseries gravées peintes en rose poudré offraient une devanture qui donnait envie d'entrer dans ce lieu, et à l'intérieur, la décoration était à l'identique de la façade, une douce harmonie de boiseries roses offrait des bibliothèques déjà remplies de livres, une jolie caisse enregistreuse à l'ancienne trônait dans un coin de la boutique, et des petites tables rondes en fer forgé accompagnées de chaises complétaient la décoration, du côté du meuble réfrigéré qui accueillerait les gâteaux de Louise.

Mais même si la boutique était prête à recevoir ses premiers clients, celle-ci n'ouvrirait qu'en novembre, pour permettre aux deux jeunes couples mariés de partir en lune de miel, pour lesquels la destination était la même, Louise et Jules ayant proposé à Adélina et Léandro de se joindre à eux pour la Polynésie française. Ils y partageraient ensemble certains moments, et s'en réserveraient d'autres à vivre à deux, en toute intimité.

Le départ aurait donc lieu dès le surlendemain, mais pour l'heure, il était temps pour tout le monde d'assister à l'union la plus extraordinaire que le village ait connue.

Le couple avait souhaité organiser la fête directement au mas, en tout cas, sur le terrain du domaine. La place était suffisante, puisque Léandro s'était contenté d'inviter sa maman, qui allait bientôt s'installer en France, sachant que son fils chéri allait enfin être papa, quelques amis qui lui étaient vraiment importants dans sa vie, dont deux ou trois acteurs aussi mondialement connus que lui, ce qui allait en émoustiller plus d'un au village, et quelques membres de sa famille.

Adélina, elle, devait compter une trentaine d'invités également, ce qui faisait un mariage relativement intimiste quand on connaissait l'identité du marié.

Ils avaient donc fait placer un petit kiosque sur le terrain, pour y célébrer une cérémonie laïque. Décoré de voiles blancs qui dansaient avec la brise, et de lys roses et blancs, il était dirigé de sorte qu'on apercevait la mer à travers ses colonnes, et un peu plus en amont, où étaient installées les chaises blanches décorées à l'identique que le kiosque, surplombaient les arbres qui offriraient un peu d'ombre aux invités.

Un peu plus loin, était installée la zone pour célébrer le repas et la fête. Toujours aussi élégamment décoré, c'était un mélange de sophistication et de bohème qui inspirait à la sérénité.

En attendant, Adélina terminait de se préparer. Elle était chez Louise pour se faire belle pour son futur époux. Quand son amie l'aida à s'habiller, elle put observer son petit ventre rebondi qui dévoilait une grossesse naissante, Adélina arborant d'ordinaire un ventre plat.

_ Que c'est beau, ton ventre, Lina ! dit joyeusement Louise.

_ Beau, peut-être, mais un peu étrange, je t'avoue ! répondit son amie en riant.

_ C'est sûr, j'imagine le bouleversement que cela doit procurer...

_ Oh, tu devrais le connaitre bientôt toi aussi ! Je compte sur toi, et sur Jules, accessoirement, pour mettre le turbo pendant le voyage pour fabriquer un petit cousin ou une petite cousine à mon bébé !

_ Ce serait génial ! Tu imagines !

_ Oui, complètement. Bon, quoi qu'il arrive, j'aurai presque trois mois d'avance sur toi, mais ce serait vraiment parfait si nos enfants pouvaient grandir ensemble.

_ Je suis sur le coup ! Presque trois mois... quand on y pense... Finalement tu es tombée enceinte dès le début ?

_ La première fois, comme l'a estimé mon obstétricien ! rigola Adélina.

_ C'était écrit, une évidence, vous deux. Enfin, vous trois.

Sur ces belles paroles, Louise aida sa meilleure amie à passer sa robe. A l'image de la jeune femme et de la cérémonie, celle-ci était sobre et belle à la fois.

Ainsi habillée, elle ressemblait à une déesse grecque. La robe offrait un dos nu, avec un bustier fait de strass et d'un peu de dentelle, et le bas de la robe, fait de tulle scintillant, permettait de cacher son petit ventre.

Sa coiffure consistait en un chignon bas flou dont s'échappaient plusieurs mèches qui jouaient avec la lumière, reflétant les reflets chauds et ensoleillés d'Adélina. Un lys blanc scintillant agrémentait cette coiffure.

Enfin, son maquillage était à l'image de son caractère, simple, doux et lumineux.

Prête pour son grand jour, elle quitta le petit appartement, aidée de son amie, afin de ne pas trop salir sa belle robe blanche, et elles se dirigèrent ensemble vers l'église du village.

Etant tout juste en retard de dix minutes, par choix, afin d'être sûre que tout le monde serait déjà rentré dans l'édifice, elle retrouva ses grands-parents qui l'attendaient sur le parvis. Louise laissa donc son amie en bonne compagnie pour entrer dans l'église afin d'annoncer aux invités que la mariée était sur le point d'arriver.

_ *Mio dio*, mais regarde-moi comme elle est belle ma fille ! s'exclama Nonna en tapant le torse de son mari. Ma poupée, je ne t'embrasse pas, je ne veux pas abîmer ton maquillage, mais laisse-moi juste te glisser ce collier autour du cou. Il appartenait à ma *mama*, qui me l'a offert pour mon mariage, et je le portais lors de ce jour parfait. Je te souhaite que ton mariage soit aussi idyllique que le mien, dit-elle en embrassant finalement sa petite-fille.

_ Merci, Nonna, murmura Adélina, en retenant un sanglot.

_ Ma pitchounette, dit timidement Nonno, en lui caressant la joue. Hé bé, regarde-moi ça, tu me fais pleurnicher comme une mauviette !

_ On y va, mon Nonno ?

_ On y va, ma petite, lui répondit-il en lui offrant son bras.

Après un sourire entendu, Nonna se glissa dans l'église, et une petite minute plus tard, Adélina pénétrait dans le sanctuaire de Dieu au bras de son grand-père.

Sur une musique choisie en accord avec son futur mari, elle avançait doucement, respectant le rythme entendu, sous le regard époustouflé et ému des invités.

Prise par l'émotion, et souhaitant respecter les gens en leur envoyant des sourires, elle mit du temps avant de voir Léandro. Quand elle l'aperçut enfin, elle tomba à nouveau amoureuse de lui. Dans son costume trois pièces beige, il était tout simplement à tomber. Mais au-delà de sa beauté et de son charisme, c'est le regard qu'il posa sur elle qui la fit chavirer d'amour. Si elle avait encore pu avoir des doutes, bien que ce ne fut pas le cas, ce simple regard l'aurait confortée dans son idée que c'était bien lui, l'homme de sa vie.

Arrivés au niveau de l'autel, Nonno attrapa la main de sa petite-fille pour y déposer un baiser, puis la dirigea vers celle de son futur gendre. Il serra leurs deux mains unies, comme pour sceller, à sa manière, leur union, en leur souriant avec bonté.

Intimidée et émue, Adélina ne parvenait pas à détacher les yeux de Léandro. Elle n'avait qu'une envie, c'était de l'enlacer et de l'embrasser. Un coup des hormones, aussi, se dit-elle. Ça ne devait pas aider.

La voix du prêtre s'éleva dans les murs de l'église, des prières s'enchaînant avec des chansons choisies par le couple.

Quand enfin, au bout d'une cérémonie qui dura trente minutes, il proposa l'échange des alliances et donna son accord à Léandro d'embrasser la mariée, Adélina eut l'impression de pouvoir respirer à nouveau, quand les lèvres de son époux se posèrent sur les siennes.

Les invités applaudirent, crièrent de joie, et au milieu de tout ce bruit, Adélina entendit sa grand-mère scander un *"grazie, mio dio !"*.

Ensuite, tel un pèlerinage, tous les invités, précédés des mariés ainsi que de leurs proches, rejoignirent le mas à pied. Une petite brise permettait de supporter facilement la chaleur de cette fin d'été, d'autant que la fin d'après-midi n'était pas loin.

Adélina et Léandro marchaient en se tenant la main du bout des doigts, souriant de bonheur, entendant les piaillements de Nonna juste derrière eux, et tous les échanges des invités derrière eux.

En un peu plus de dix minutes, ils arrivèrent sur le lieu de la fête. Ils furent accueillis avec un verre de vin d'honneur, des serveurs déambulant au milieu des arbres, avec leur plateau à la main.

Pendant ce temps, les mariés ainsi que leurs témoins réajustèrent le déroulé de cette cérémonie laïque avec leur officiant.

Une demi-heure plus tard, Léandro s'avança vers le kiosque alors que les invités s'étaient installés sur les chaises.

Sous les regards attendris de certains, et les regards impressionnés d'autres, Adélina arriva, marchant sur la chanson de Sting, " Fields of Gold". Elle avait défait son chignon flou, ses cheveux retombant en cascade dans son dos, des mèches retenues par des fleurs des champs.

Sous la lumière du soleil de cette fin de journée d'été, elle semblait illuminée d'une aura particulière.

Lorsqu'elle arriva aux côtés de son époux, celui-ci lui prit le visage de ses mains avec douceur, pour déposer un baiser sur son front.

Ensuite, ils se tournèrent tous les deux vers l'officiant qui prit la parole. Il commença son discours en racontant, de manière métaphorique, la rencontre de ces deux âmes sœurs, cita des poèmes choisis par les mariés, puis proposa, dans un premier temps, le rituel des rubans à nouer autour des poignets des mariés afin de sceller leur union, sur la chanson Hallelujah de Léonard Cohen, que les invités furent invités à chanter pendant cet instant d'émotion.

Ensuite, l'officiant laissa la parole aux mariés afin d'annoncer une nouvelle importante à leurs invités. C'est Léandro qui prit d'abord le micro, Adélina le tenant par la taille.

_ Famille, ami(e)s, mon épouse et moi-même, nous vous remercions d'être venus aujourd'hui pour célébrer notre union. Vous tenez tous une place particulière dans nos cœurs, dans nos vies, et nous n'aurions pas pu imaginer cette journée sans vous.

Il tendit le micro à Adélina pour qu'elle enchaine.

_ Certains d'entre vous savent que j'avais récemment tiré les bons numéros, pour les perdre aussi vite ! Et bien que cette nouvelle ait quelque peu bouleversé ma vie, ces numéros-là ne valaient pas grand-chose, en comparaison à vous, qui avez été à mes côtés, dans ma vie, pour être là, quoi qu'il arrive, pour me soutenir, m'apporter votre amour, au quotidien. Je peux vous dire que les bons numéros, pour moi, ce sont vous, qui êtes dans ma vie tous les jours, et que c'est toi, mon cher mari, ajouta-t-elle en se tournant vers Léandro, qui reprit à nouveau le micro.

_ Et en cette journée importante pour nous, que nous partageons avec vous, nous avions une nouvelle à vous annoncer. Cette jeune femme, qui est devenue MA femme aujourd'hui, m'a fait le plus beau des cadeaux de mariage dont je pouvais rêver. Adélina et moi, nous sommes deux, aujourd'hui, pour être bientôt trois, dit-il en caressant le ventre d'Adélina.

Les invités s'exclamèrent, sifflèrent, applaudirent, pour féliciter les mariés. Sur ces paroles, l'officiant reprit la parole pour convier les invités à un nouveau rituel, celui de planter un arbre, au nom de ce petit être qui grandissait dans le ventre de la mariée.

Quand vint le moment de déposer le petit arbuste dans le trou, préalablement creusé, Adélina attira Ondine vers elle pour qu'avec Léandro, ils plantent, à eux trois, ce nouvel arbre en terre. A leurs six mains, ils récupérèrent un peu de terre pour recouvrir les racines de cette naissance, et quand ils se relevèrent, Ondine se jeta dans les bras d'Adélina.

_ Oh, ma pitchounette, merci, merci ! dit-elle, la voix tremblotante d'émotion.

Adélina, incapable de dire un mot, se contenta de la serrer très fort.

La cérémonie prit fin, la musique s'éleva doucement pour guider tout le monde vers les tables du dîner, afin de lancer les festivités de la soirée.

Entre mets délicieux, danses émouvantes suivies de danses plus survoltées, la soirée était juste idyllique.

Adélina dansa, passant de bras en bras, rit, passant d'émotion en émotion. Elle offrit même une danse à Ondine, sur un air de guinguette, pour lui faire plaisir, celle-ci ayant parlé de ces danses aux bals musettes qu'elle partageait avec André, une fois, lors de leurs longues discussions sous l'ombre des arbres du mas.

_ Il est à venir pour quand, ce petit bout, alors ?

_ Croyez-le ou non, mais quand vous m'avez aidée à préparer la surprise pour Léandro, j'étais déjà enceinte de presque deux mois. D'après le médecin, ce petit bébé a été conçu lors de notre première nuit d'amour.

_ Oh là là, si ce n'est pas romantique, ça ! Il me tarde tellement de voir sa bouille. Avec vous deux pour parents, il va tout simplement être à croquer !

_ Et je compte sur vous pour jouer le rôle de Grand-Mamie gâteau, ma gentille Ondine.

_ Si la vie me le permet, je le ferai avec plaisir. Mon

André pourra bien patienter encore un peu avant que je le rejoigne, après tout.

Adélina serra fort sa vieille amie, espérant de tout son cœur que la vie, ou plutôt la mort, saura se montrer clémente, afin de leur laisser un peu de temps pour profiter de tout ça.

Les invités s'amusaient sous la lumière d'une lune pleine, des étoiles, et des lampions et guirlandes accrochés dans les arbres.

Nonno et Nonna semblaient avoir retrouvé leurs vingt ans, Louise et Jules refêtaient leur mariage, l'amour planait dans l'air de cette nuit de septembre.

Après avoir découpé et dégusté le gâteau, Léandro attira sa femme pour danser seuls à seuls, en retrait de leurs invités.

_ Madame...

_ Monsieur...

_ Comment te sens-tu ? Pas trop fatiguée ?

_ Je mentirais si je disais qu'il ne me tarde pas de rejoindre notre lit... Mais cette soirée est tellement parfaite que je n'ai presque pas envie qu'elle se termine.

_ Il y a tout un tas de choses parfaites qui nous attend ! A commencer par notre voyage de noces !

Sur ces paroles, Adélina sentit un coup dans son ventre. Tellement serrée contre Léandro, celui-ci sentit comme une légère secousse également.

_ C'était quoi ça ? demanda-t-il, stupéfait.

_ Je crois que notre fils ou notre fille s'impatiente de notre voyage de noces !

Ils rirent tous les deux, enveloppés dans une bulle de bonheur, dansant en rêvant à leur futur enfant, bercés par la musique de la fête.

CE ROMAN VOUS A PLU ?
Dites-le-moi !

Parce que connaître votre avis et pouvoir lire vos commentaires me tient à cœur, et parce qu'avoir des étoiles et des commentaires sur la page Amazon de mon roman m'aidera énormément,

N'oubliez pas de laisser un petit mot suite à votre achat !

Même si votre commentaire ne fait que quelques mots, je vous serai extrêmement reconnaissante de me laisser votre ressenti !

C'est tout simple, et ça prend moins de 2 minutes : rendez-vous dans votre compte Amazon, cliquez sur Commandes, trouvez mon livre Les Bons Numéros, et enfin, cliquez sur le bouton Ecrire un commentaire !

Et n'hésitez pas à parler de ce roman autour de vous s'il a pu vous faire rêver, voyager, ou s'il vous a tout simplement offert un bon moment de détente !

Merci encore pour votre intérêt et votre temps.

www.instagram.com/so.ferraris

https://soferraris.wixsite.com/soferraris

so.ferraris@laposte.net

REMERCIEMENTS :

Ecrire un livre, c'est laisser s'exprimer une part de notre imaginaire, c'est donner vie à des personnages et créer une histoire autour d'eux.

Alors merci d'abord à mes personnages qui m'ont inspiré ce livre. Sans eux, mon roman Les Bons Numéros n'aurait jamais existé.

Un grand merci à ma sœur Sandra, qui me prête toujours une lecture attentive, qui est d'ailleurs ma première lectrice, pour chacun de mes romans, et qui me donne de son temps pour corriger mes écrits.

Merci à mes parents, et ma fratrie, de me soutenir depuis le début.

Enfin, un immense merci à vous, chers lecteurs et lectrices. Quoi de plus extraordinaire pour une romancière que d'être lue, quoi de plus gratifiant qu'une histoire écrite de notre main soit appréciée.

J'espère qu'Adélina et ses proches vous auront fait passer un agréable moment, et que Nonna aura su vous faire rire !

A bientôt j'espère, pour des lendemains

toujours plus inspirés.